哀話の系譜

うとうやすかた

菊地章太

法藏館

うとうの雛鳥やすかた　屋代弘賢『不忍禽譜』第二葉
(https://dl.ndl.go.jp/info:ndljp/pid/1286932)

目次

後編　追尋、そして放擲

哀話の系譜

うとうやすかた

はじめに──うとうの神社から

青森市安方《やすかた》の善知鳥《うとう》神社を訪れた。

昔ここは安潟《やすかた》と呼ばれていた。海鳥の群れ飛ぶ場所だったという。神社の境内に「うとうやすかた」の碑がある。海鳥の親子の姿が彫りつけてあった。「うとう」は親鳥の名、「やすかた」は雛鳥。親鳥は浜辺の砂地で雛を育てる。餌を運んできて「うとう、うとう」と鳴けば、子は「やすかた、やすかた」と応えて這《は》い出す。──このけなげな親子鳥の言い伝えをもとにしたのが謡曲『善知鳥《うとう》』である。

諸国を旅する僧が陸奥《みちのく》の外の浜をめざしている。立山修行を終えて山をくだったところで、老人に声をかけられた。外の浜の猟師が去年の秋に亡くなったので、この蓑笠《みのかさ》を家族に届けてほしいという。そのしるしとして着ていた麻衣の袖を裂いて手渡した。僧がうけあうと老人は姿を消した。

僧は外の浜にいたり、妻と子の暮らす猟師の家を訪ねた。しるしの袖を妻が手にすれば、亡き夫のものにまちがいない。蓑笠を手向けたところ、猟師の亡霊があらわれた。しみじみと語り出す。どうして自分は雛鳥を殺してきたのだろう。こんなにもわが子がかわいいならば、親鳥とて雛がかわいくないはずはない……。そう言って子の髪をなでようとしても、雲が隔てるように姿が見えなくなってしまう。

嘆きはつづく。ほかに暮らしのたづきもなく、鳥や獣を捕らえることをなりわいとするしかないこの身だった。それでも、なんとむごい殺生をつづけたことか。「うとう」と呼べば「やすかた」と応える。それをねらって捕らえたのだ。親鳥は空から血の涙をふらす。猟師は蓑笠をつけて赤い涙をはらう。いくらよけても、ふりかかる涙で目もくらむばかり。この世ではそんなはかない海鳥だったが、あの世では化鳥《けちょう》となってわが身をさいなむ。今さら帰らぬ身のうらみごとをつらねつつ、「助けて賜《た》べや、御僧《おんそう》、助けて賜べや」と言い残し、猟師の姿はかき消えてしまった。

この曲が能楽の舞台にかかるとき、猟師の亡霊はおのが罪業の懺悔をかさねながらも、鳥を打ちすえるさまを演じる。何かに憑かれたごとくである。とむらいに手向けた笠で血の雨をよける。その所作もすさまじく、痛ましい。

どうしてこんな詮無《せんな》い物語が生まれたのか。どこにも救いがないではないか。みじめなだけのこの哀話に、しかし多くの人が魅せられた。なぜだろう。

本書は謡曲『善知鳥』から説き起こし、作者の問題をかえりみつつ、そこに至る文芸の系譜を訪ねる。つづいて中世における救いのありかを仏教文献のなかに探っていく。さらにこの主題を追いつづけ、ついに放擲するしかなかったひとりの文人の足跡をたどる。そうした作業を通じてこの物語の哀しみの根源にせまりたい。それはやがて日本の文芸世界と、その基盤にある民俗伝承の沃野を底辺から見つめなおすことにつながるであろう。

前編　文芸の源泉を求めて

第一章　親子鳥の哀話

『善知鳥』の世界

謡曲『善知鳥』の現代語訳を試みたい。観世《かんぜ》流の寛永卯月《かんえいうづき》本を底本とする新編日本古典文学全集本を用いた。[1] ワキは旅僧、シテは老人姿の猟師の亡霊、後シテは猟師の亡霊、ツレはその妻、子方（台詞《せりふ》なし）は子の千代童《ちよどう》である。次のようにはじまる。

旅僧「私は諸国を旅する僧です。まだ陸奥の外の浜を訪ねたことがないので、思い立って外の浜へ出かけることにしました。よい機会なので立山修行もしたく思います」

旅僧「道を急いだので立山に着きました。ゆっくりと見物したいものです」

旅僧「さてこの立山に来てみれば、まのあたりに広がる地獄の光景。これを見ても怖がらない人がいるならば鬼よりもおぞましい。山道が分かれ、その先は地獄・餓鬼・畜生道に通じているのでしょうか……。涙があふれてなりません。罪を悔いて時を過ごし、ふもとに降りました」

老人「もし、そこにおられるお坊様、申しあげたいことがございます」

旅僧「どんなご用件ですか」

老人「陸奥へ下られるなら言伝《ことづ》てをお願いしたいのです。外の浜で猟師をしていた者が去年の秋亡くなりました。妻子の家を訪ねて、そこにある蓑笠を手向けるよう伝えてください」

旅僧「無理なことをうかがいました。お届けするのはたやすいことですが、ただそれだけ伝えても先方は承知しないのでは」

老人「なるほど確かな品がなくては困るかもしれません。いや、思い出したことがあります。亡くなるまでこの老人が来ていた麻衣、その袖を解きましょう」

地謡「これをしるしの品にと涙ながらに手渡して、分かれたあとには雲や煙が立つ立山の、木の芽も萌える春、はるばると旅僧は陸奥へ下っていく。亡者は泣く泣く見送ったきり、姿を消してしまった」

――ここまでが立山を舞台とした前場である。流派によっては、このあと外の浜にたどり着いた旅僧と所の者との問答がある。亡くなった猟師の家は「あの高もがりの屋の内」だという(2)。高もがりは忌垣《いがき》であろう。死人の出た家にめぐらす殯《もがり》の柵で囲垣《いがき》ともいう(3)。旅僧が訪ねてみれば、そこに妻と子がぽつねんと暮らしていた。つづいて後場に移る。

妻「どうなるのかわからないのが世のつねと思ってはみても、はかなく結ばれた夫と死に別れ、忘れ形見のこの子までが深い悲しみを誘う。母はどうしたらよいのか……」
旅僧「こちらのお宅へ案内をお願いします」
妻「どなたですか」
旅僧「諸国を旅する僧ですが、立山で修行していたところ、恐ろしげな老人が現れ、陸奥へ下るなら言伝てを頼みたく、外の浜の猟師の家を訪ね、ここにある蓑笠を手向けてほしいとおっしゃいました。確かな品がなくては無理だと申しあげたところ、御召し物の袖を解いて渡されたのでここへ持って参りました。もしや思い当たることがありますまいか」
妻「これは夢でしょうか。亡き夫のことかと思うと涙が出ます。なんとも気がかりなので、形見の着物、粗末な衣ですが」

旅僧「ひさかたぶりの形見の品を」
妻「今取り出して」
旅僧「よくよく見れば」
地謡「疑いもなく、薄い布地の一重《ひとえ》の衣。合わせてみれば袖も合わさり、ああ、なつかしい夫の形見。そこでさっそく弔《とむら》いの仏事を色々と営み、とりわけ故人の望んだ蓑笠を手向けたのである」
旅僧「南無《なむ》幽霊《いうれい》 出離生死《しゅつりしょうじ》 頓証《とんしょう》 菩提《ばだい》（亡き霊よ、生死のくりかえしを脱し、すみやかに成仏せんことを）」
猟師「陸奥の 外の浜なる 呼子鳥 鳴くなる声は うとうやすかた」
猟師「一見卒都婆《いっけんそとば》 永離《ようり》三悪道《さんなくどう》（ひとたび卒塔婆を拝すれば、地獄・餓鬼・畜生の三悪道の苦しみからのがれられよう）。この経文のとおりなら、わが身のために卒塔婆を立てて供養してくだされば、功徳にあずかれないはずはありません。紅蓮《ぐれん》・大紅蓮地獄の氷といえど仏の名号と智慧の火に溶け、焦熱《しょうねつ》・大焦熱地獄の炎といえど仏法の水に消えぬものはない、とはいうけれども、あまりに重い罪を犯した自分は、いつになったら安心を得られるのか。鳥や獣を殺したこの身が」

地謡「衆罪如霜露《しゅざいにょそうろ》 慧日《えにち》（あまたの罪も霜露のように、仏の智慧の日［の光で消える］）。この経文にあるとおり、日の光で照らしてくだされ、お坊様」

地謡「所は陸奥、うしろは海、松原の下枝《しづえ》が蘆《あし》とまじわり、汐にしおたれた浦里《うらざと》の苫屋《とまや》。囲いもまばらで月の光が漏れ、外にいるような外の浜の、あわれを誘うこの住まい」

妻「声をかけたら姿が消えてしまうのではないかと恐れ、親子が手をとりあってただ泣くばかり」

猟師「ああ、以前はあんなに親しかった妻や子も、今は隔てられたまま泣くしかない。どうして雛鳥を殺してしまったのか。わが子がこんなにいとおしいなら、鳥や獣も同じはず。千代童の髪をなで、ああなつかしいと言おうとすれば……」

地謡「迷いのはての雲の隔てか、悲しいことに今まで見えていた子の姿は、はかなくどこかに隠れてしまう。子隠《こがく》れの木隠《こがく》れ笠、笠ならば津の国の和田の笠松、蓑ならば箕面《みのお》の滝、たぎる涙で袖を濡らすばかり。蓑笠がかえって隔てとなり、苫屋の内が見たくとも、わが身は家の外。外の浜の浜千鳥が鳴くように、泣くよりほかにすべもない」

地謡「ありし日のことは遠くにかすんで何もかも夢のよう、旧知の人も木の葉が落ちるようになかばは土に帰った」

猟師「どうせこの世で暮らすにしても、士農工商の家に生まれず」
地謡「琴やら碁やらで遊び暮らし書画をたしなむ身分になれず」
猟師「明けても暮れても殺生で生計を立てていくしかなかった」
地謡「春の日は遅く暮れても仕事に追われて時をついやし、秋の夜は長くとも漁り火がともるなかで寝るひまもなく」
猟師「夏の太陽の下で暑さも忘れ」
地謡「真冬の朝に寒いとも言えず」
地謡「鹿を追う猟師は山を見ずというが、わが身の苦しさも悲しさも忘れて鳥を追い、高縄で捕らえ、引き潮の海で風が吹き荒れるなか、衣の濡れるのもいとわず沖の干潟をめざし、あの世で身を焦がす報いがあるのもかえりみず、殺生をつづけた口惜しさ。それにしても、うとうやすかたという鳥は、鳥にもいろいろ捕り方があるなかに」
猟師「わけてもむごいことか、この鳥の」
地謡「木々の梢に羽を敷くなり、波間に浮き巣でも作ればよいものを、愚かなことに砂原に子を産み、親は隠したつもりになって、『うとう』と呼べば、子は『やすかた』と応え、それでやすやすとつかまってしまうのだ。やすかたは」

猟師「うとう！」
地謡「親鳥は空から血の涙を降らす。濡れまいと菅蓑や笠を傾け、あちこちに隠れ場所を捜しても、隠れ笠や隠れ蓑でもない限り、降りかかる血の涙で目もくらみ、何もかも真っ赤に染まって見える。かささぎの羽の橋がもみじの色に染まるように」
地謡「この世では、うとうやすかたに見えた鳥が、あの世では化鳥となって、罪人を追いかけ、鉄のくちばしを鳴らして羽ばたき、銅の爪を磨きあげ、まなこをつかんで肉を裂く。叫ぼうにも猛火の煙でむせんで声も出ない。おしどりを殺した報いか。逃げようとしても立ちあがれない。羽抜《はぬ》け鳥を殺した報いか」
猟師「うとうは今や鷹になり」
地謡「自分は雉《きじ》になってしまった。のがれがたいこと、交野《かたの》の狩り場の花吹雪。空には鷹、地には犬が責めたてる。うとうやすかた、やすらぐ間もないこの身の苦しさ。お助けください、お坊様、お助けください……。そう言いながら、消え失せてしまった」
――以上が『善知鳥』の物語である。

物語の生成と受容

この曲の上演に関するもっとも古い証言は蜷川親元《にながわちかもと》の『親元日記』に見える。寛正六年（一四六五）二月二十三日の条に足利義政臨席による仙洞御《せんとうお》能《のう》の予告記事があり、観世による「うのは　やしま」等十番と予備分の「あしかり　よりまさ」等七番が記されている。日記の写本には「あしかり」の脇に小さく「うとふ」とある。(4) 二十七日の予定が雨で中止になり、翌二十八日に挙行された。予定の十番が一曲だけ変更して演じられ、さらに「うとふ　かつらき」等五番が追加された。(5) この記事が『善知鳥』成立の下限とされる。(6)

これにつづくのが青蓮院尊応《しょうれんいんそんおう》の『粟田《あわた》口猿楽記《くちさるがくき》』である。永正二年（一五〇五）四月十三日に今春太《こんぱるだ》夫《ゆう》による勧進猿楽《かんじんさるがく》がおこなわれた。その初日興行で「嵐山　清経　熊野　美人草　うとふ」等八番が演じられたとある。(7) 金春禅竹《ぜんちく》の孫禅鳳《ぜんぽう》の能楽伝書『禅鳳雑談《ぞうたん》』に、永正十一年（一五一四）正月の「八幡に法楽」の記事がある。(8) これは東大寺の手《た》向山《むけやま》八幡宮でおこなわれた奉納能とされる。(9) そこで「相生　八嶋　野ノ宮　空八形」等七番が演じられたとある。観世方が「善知鳥」の名で呼ぶ演目を金春座では「空八形」と呼んだ。これはなぜか。

以上の演能記録に先立ち、文正元年（一四六六）以前の成立とされる軍記物『大塔物語《おおとうものがたり》』に「うつほ鳥」の歌がある。信濃国守護の小笠原氏のもとで国一揆が勃発した。守護勢の中に大塔の要塞で討死した人々がいる。そのひとり常葉下総守は十三歳で出陣したわが子の悲運を嘆いて古歌を思い起こした。そこには「陸奥の そとの浜なる うつほ鳥 子はやすかたの ねをのみそなく」とある。(10)「うとう鳥」とあってよいところが「うつほ鳥」となっている。これについては国語史からの指摘がある。(11)

文明十六年（一四八四）成立の辞書『温故知新書《おんこちしんしょ》』は、鳥の名「鶋」に「ウツホトリ」の傍訓を付している。(12)『節用集《せつようしゅう》』諸本もこれに従うが、そのなかで室町末期に書写された『伊京集《いきょうしゅう》』は「ウツチトリ」と傍訓を付している。(13)平安時代の後半になるとハ行音は語頭を除いてワ行音に移行していく。「ウツホ」の音価は「ウツチ」に変化し、さらに「ウツチ」が長音化して「ウトウ」になったという。(14)『大塔物語』所載の歌に「うつほ鳥」とあるのは、したがって「うとう鳥」表記の古態を示していたことが知られる。

室町時代編纂の辞書『運歩色葉集《うんぽいろはしゅう》』は「善知鳥」に「ウトウ」の傍訓を付し、割注に「悪知鳥《ヤスカタ》」と記す。(15)『大塔物語』では「やすかた」は雛鳥の鳴き声として詠まれていたが、ここでは鳥の名である。さらに観世方は「善知鳥」と表記するが、金春方は「虚八姿」と記すとある。後者については、異国から「虚舟」で流された人々の魂が鳥になったという出典不詳の伝承を記し、「虚」の由来を説いている。これは「ウツホ」と読ませたにちがいない。「虚八姿」は

『禅鳳雑談』に「空八形」とあったのにつながる。『運歩色葉集』はさらに欄外に「ミチノクノソトノハマナル 有藤鳥リ 子《(マヽ)》ハヤス方ト ネヲノミゾナク」の歌を載せている。「有藤」はウトウと読むのだろう。同書には天正十七年（一五四八）の識語があり、この書込は書写段階での付加と判断されている。(16)

冷泉《れいぜい》派の歌人正徹《しょうてつ》の『草根集《そうこんしゅう》』に「隔ゆく 憂身をそとの 浜風に くたく泪や やすかたの鳥」とあり、さらに「我ぞ今 身をうたふ鳥 紅の 泪の蓑を 君きたれとて」の歌がある。(17) ここでも「やすかたの鳥」「うたふ鳥」とある。同書は一条兼良《かねよし》による文明五年（一四七三）の序を有する。兼良の編著『連珠合璧集《れんじゅがっぺきしゅう》』には「うとふやすかたトアラバ、そとの浜 みのかさ涙の雨」とある。(18) この書は連歌の寄合集で、文明八年（一四七六）の一条冬良《ふゆよし》書写本が伝わる。聖護院准后道興《しょうごいんじゅごうどうこう》の『廻国雑記《かいこくざっき》』に「うとふ坂 こえて苦しき 行末を やすかたとなく 鳥の音もかな」の歌がある。(19) これは道興が立山修行の後、諸国を遍歴した際に関東川越の鳥頭《うとう》坂で詠んだ歌である。文明十九年（一四八七）以後のことになる。いずれも謡曲『善知鳥』と同じ素材が用いられている。この曲に依拠したものか、あるいは次節で述べる古今集注釈の説話がもとかは今のところ決められない。しかしこの頃すでに周知の物語であったことが知られる。

前述の『粟田口猿楽記』以後には、宗碩《そうせき》の『藻塩草《もしおぐさ》』に「子をおもふ 涙の雨の 笠の上にか、

るもわひし やすかたの鳥」の歌がある。つづけていわく、やすかたの鳥は三角柏という樋に備えて神前に供する。親鳥が「うとう」と呼べば雛は「やすかた」と応えて這い出す。そこを捕らえるのだが、そのとき親が鳴いて涙を雨のように降らす。「その涙か、りて身のそんする故に」蓑笠を着るとある。[20] 謡曲の物語そのままではないか。この書は永正十年（一五一三）頃の成立とされる。

謡曲に先行するもの

御《お》伽草子《とぎぞうし》『鴉鷺《あろ》物語』に「子に過ぎたる宝さらになし。子をおもふ涙の雨の蓑のうへにうとふと鳴くはやすかたの鳥こそあらめ」とある。これは異類軍記物のひとつで、登場するのはおびただしい種類の鳥である。合戦で野伏《のぶし》大将の雀《すずめの》藤太《とうた》が討死したのち、梓巫女《あずさみこ》の鵐《しとと》がその霊を呼び寄せて語らせる場面がある。「子をおもふ」とあるのは歌の引用らしく、つづけていわく、自分は「紅の袖の露、草の陰」となった身であれば、姿は現せなくとも子雀の供魔主《くまぬし》を見守りつづけている。朝に夕に子雀のもとに来て、「鳴々すれ共、生死の雲にへだてられ、音をだに聞かせぬ身こそ悲しけれ」とある。[21] これまた謡曲の一場面を思い出させる。『善知鳥』のなかで、亡霊となった猟師がわが子の髪をなでようとしても触れられず、「あらなつかしやと言はんとすれば、惑障《わうしやう》の、雲の隔てか悲しやな」とあった。『鴉鷺物語』は一条兼良の作とも言われ、弘治二年（一五五六）奥付の写本がある。

同じく御伽草子『あさかほのつゆ』の道行き文に「つかるをすきて、そとのはま。まことや、このところは、うとうの、とりの、子のゆへに、ちのなみたを、なかすと、きこへしか」とある。[22] これも謡曲を下敷きにした記述にちがいない。成立は室町時代の末頃とされる。これ以降、近世の浄瑠璃や紀行、随筆などに『善知鳥』の物語はくりかえし引かれていく（これは後編でたどりたい）。

天正二十年（一五九二）以前の成立とされる『八帖花伝書《はちじょうかでんしょ》』に、『善知鳥』の面・仕舞《しまい》・囃《はや》子《し》に関する記事がある。[23] 能楽の作者と曲目を記した作者付《さくしゃづけ》には『善知鳥』がさまざまな名称で出ている。『自家伝抄《じかでんしょう》』に世阿弥作として「洞八人形」とあり、割注に「空」と記す。[24] また別の箇所に「空八形」とあり、脇に片仮名で「ウトウ」と記してある。[25]「洞」も「空」もウトウと読ませた。「八人形」と「八形」は前出の「八姿」と同様にヤスカタである。『自家伝抄』は永正十三年（一五一六）以前の成立とされる。[26] 同じく作者付『能本作者註文《のうほんさくしゃちゅうもん》』に世阿弥作として「善知鳥」とある。[27] これは大永四年（一五二四）の撰述である。『いろは作者註文』に「うとう」とあり、割注に「世阿」と記す。[28] 文禄三年（一五九四）以前の撰述とされる。その

抄本である『歌謡作者考《かようさくしゃこう》』に「烏頭」とあり、割注に「世阿弥」と記す。(29)

作者付はいずれも『善知鳥』を世阿弥の作とするが、現在では疑問視されている。漁師の亡霊が登場する謡曲『阿漕《あこぎ》』は、十二大夫座《たいふざ》の祖である川上神主《かわかみのかむぬし》の原作を世阿弥が改作したとされ、類似する主題の『善知鳥』はそれよりもさらに古色を示すという。(30)そのことがただちに成立年代を反映するわけではないとしても、作能の技法も語法も世阿弥はもとより、元雅や禅竹の系統とは明らかに異なるものと判断されている。(31)

同じく世阿弥の関与を否定するものの、時代をずっと下げる意見がある。『善知鳥』は修羅能の構成を踏まえており、そうした定形化がなされた後の作品だという。『金春大蔵派作者付《こんぱるおおくらはさくしゃづけ》』に「空八行舟　宗印（マヽ）」とあり、金春宗筠《そういん》が創作に関与したことが想定される。宗筠は一条兼良と交渉があった。兼良の名はこれまでたびたび出てきたが、『連珠合璧集』にうとう・蓑笠・涙の雨が寄合語として登場する以上、歌にかかわる説話が謡曲に先んじて存在したと推測されている。(32)

曲のなかに王朝的な歌語と異質なものがあることも指摘された。たとえば、羽が抜け替わるころ飛べずにいる「羽抜け鳥」は中世以降の和歌や連歌に登場するという。また、地獄を描いた作品がいくつかあるなかで、殺生をくりかえしてきたことに苦悩する人物が登場するのは世阿弥以後だと判断されている。[33]立山や外の浜という荒涼とした舞台設定についても、世阿弥が華やかな名所の風情を作中に盛り込んだのとは懸隔がある。怨霊が成仏して収束する世阿弥の作風とは異なり、何の解決もあたえずに残響をのみとどめるという点で、『善知鳥』は禅竹の時代の典型的な能楽の姿を伝えるという主張もある。[34]

『善知鳥』の作者や成立時期をめぐる議論をふりかえるとき、そこからいくつかの問題が浮かびあがってくる。まず謡曲に先んじた和歌説話の所在はひとつの争点となろう。次に地獄に堕ちた者の懺悔と救いのありか、むしろ救いのなさも問われねばならない。さらに類似の主題をあつかった謡曲作品とのつながりや先後関係も重要な課題である。以下に順を追って考えていきたい。

第二章　王朝文芸の系譜

古今伝授の鳥たち

謡曲『善知鳥』のなかで、雛鳥は親鳥の呼ぶ声を聞けば、けなげに砂から這い出てくる。雛鳥が捕まれば親鳥は血の涙を降らす。鳥でさえ親子の情愛はこんなにも濃い。それは猟師も同じだった。家族を飢えさせないためには、この鳥を捕らえて暮らしていくしかなかった。どうにもならないつらさがそこにある。そのことも追々考えていきたいが、まずは親子鳥の物語のみなもとを文芸世界のなかに探ってみたい。子を呼ぶ鳥のことは古くから歌に詠まれ、説話に語りつがれていた。

猟師の亡霊が詠んだ歌「陸奥の　外の浜なる　呼子鳥　鳴くなる声は　うとうやすかた」に呼子《よぶこ》鳥《どり》の名が見える。呼子鳥の歌は『古今集』に出ている。巻一に「をちこちの　たづきも知らぬ

山中に おぼつかなくも 呼子鳥かな」とある。どことも知れぬ山奥で、子を呼ぶように心細げに鳥が鳴くという。この歌は謡曲『山姥《やまんば》』にも使われている。「遠近の、たづきも知らぬ山中の、おぼつかなくも呼子鳥の、声凄き折々に、伐木丁々として、山さらに幽かなり」とある。(1)深山のひびきを叙する場面である。

呼子鳥は古今《こきん》伝授の三鳥のひとつとされる。あとのふたつは稲負鳥《いなおおせどり》と百千鳥《ももちどり》（あるいは都《みやこ》鳥《どり》）である。中世には古今集の注釈がいくつも作られた。まとめて古今注と通称される。それは歌の家において伝授されるものだった。呼子鳥はそのなかでさかんに言及された。もとの歌とはほとんど無関係なまでにさまざまな説話が形成されていく。(2)

『弘安十年古今集歌注』は「ヲチコチノ」歌を注釈するにあたり、高麗の話というのを載せている。永蘭山の山中でのことだった。女人が抱いていた子を鷲にさらわれた。泣きながら子を呼んで捜し歩いたが、ついに見つけられずにこときれた。女は鳥に生まれ変わり、「ワガコ、ワガコ」と鳴きつづけたという。それだから呼子鳥というのだとある。(3) ここには典拠は記されていない。この書は弘安十年（一二八七）の奥書がある。(4) 鎌倉時代の中頃である。

『毘沙門堂本古今集注《びしゃもんどうぼんこきんしゅうちゅう》』には「キトコ〳〵」と鳴く鳥がいると記す。これという典拠はないが、子を呼ぶように聞こえるので、呼子鳥というのだとある。(5) この書は弘安九年（一二八六）

の古今注『三流抄《さんりゅうしょう》』に遅れて成立したとされる。(6) 同じく鎌倉中期のものだろう。毘沙門堂本はさらに「万葉注」に出るとして、先ほどと同じ高麗の話を載せている。鷲に子を取られた女は鳥に生まれ変わり、「ハコ〳〵」と鳴くという。八子鳥のことであり、それを呼子鳥というのだとある。あるいは「ハヤコ〳〵」と鳴くとも記している。(7)「万葉注」というのは不詳である。いったい古今注では、典拠があれば記す。なくても記す。書名はあまりあてにならない。あてになるものでも該当する文章が見当たらなかったり、あっても文言が違っていたりする。

増幅する虚構の世界

『古今秘註抄《こきんひちゅうしょう》』は「もず」について記す。百舌《もず》のことか。子を呼びつづけたあげく、「もろこ〳〵」と鳴くようになった。それで呼子鳥というのだとある。あるいはこれは八子鳥のことで、子をたくさん産んで育てる鳥だという。「しとゝ」の別名ともいう。しととは人の往来するあたりで子を産み育てる。雛鳥を呼ぶときは人に気づかれずに呼ぶのだという。(8) この書は鎌倉時代の末以前の成立とされる。(9)『毘沙門堂本古今集注』にいくらか遅れるだろう。どれも架空の鳥の話であることは言うまでもない。虚構の文芸世界だが、虚構だからこそ物語はますます増幅していく。王朝文芸の時代は過ぎ去ってひさしい。それだけになおさら、その世界にしがみついて生きている歌の家の者たちは、執拗なまでに懐古し、憧憬し、模倣し、あげくは創作したのである。

『新撰歌枕《しんせんうたまくら》 名寄《なよせ》』は「率都浜」の項に古歌を引き、「陸奥の おくゆかしくぞ をもほゆる つほの石文 そとの浜かせ」とある。これは連歌の名寄に用いる歌枕歌集で、嘉元元年（一三〇三）頃の成立とされる。(10) 率都浜すなわち外の浜は歌人になじみの詞《ことば》であった。歌は西行の『山《さん》家集《かしゅう》』雑歌に出ている。

つづけていわく、外の浜に「うとふやすかた」という鳥がいる。浜辺の砂地に隠すようにして子を産む。猟師が親鳥をまねて「うとう、うとう」と呼べば、雛鳥は「やすかた」と応えて這い出てくる。それを猟師がつかまえる。親鳥が飛んできて、右往左往しながら鳴き叫ぶ。真っ赤な血の涙を雨のように降らせるという。ある歌に「子をおもふ なみたの雨の 血にふれは はかなき物は うとうやすかた」とある。血が降りかかれば身を損なうので、猟師は蓑笠をつける。また、ある歌に「子をおもふ なみたの雨の 蓑のうへに か丶るもかなし やすかたの鳥」とある。(11) 親鳥うとう、雛鳥やすかた、猟師のはかりごと、血の涙、血よけの蓑。ここには謡曲の肝要なプロットが出揃っており、このときすでに完成した物語だったことがわかる。

『善知鳥』のなかで旅僧が猟師の家で蓑笠を手向けたところ、あるじの亡霊が現れて歌を詠んだ。「陸奥の 外の浜なる 呼子鳥 鳴くなる声は うとうやすかた」とあった。歌の典拠は不明である。江戸時代の謡曲注釈書『謡曲拾葉抄《ようきょくしゅうようしょう》』に「定家卿の歌也。夫木集に入」と注された[12]。しかし現行の『夫木抄《ふぼくしょう》』には見当たらず、定家の歌集にも見えない[13]。

親鳥が雛を呼ぶのは古今注からの流れに沿っている。しかし雛鳥がそれに応えるところは新たな展開である。外の浜と呼子鳥を結びつけたのは連歌の名寄の伝統にもとづくであろう。残っている書物のなかでは『新撰歌枕名寄』の記述がもっとも古い。これ以上にさかのぼる物語は知られていない。

なぜ「ワガコ」や「ハヤコ」ではなく「うとう」なのか。これは雛鳥の鳴き声が「やすかた」であることと切り離せない。ここで善知鳥安方の伝承という別の系統を考える必要が生じる。これは後述したい。

つづけて謡曲とのつながりを追うならば、『古今集』のほととぎすの歌も想起される。巻三に「思ひいづる ときはの山の 郭公 から紅の ふり出てぞなく」とある。常磐山のほととぎすは昔をいとおしみ、血をふりしぼって鳴くという。『弘安十年古今集歌注』はこれに注して、「唐紅ニフリ出デ、鳴トハ、紅ノ泪ノ流ル、ヲ云」とした[14]。歌の本義は鳴いて血を吐くことである。「紅の泪」を流すわけではない。この解釈はまったく歌にそぐわない。しかし歌の家ではこのように解釈され伝授されたのである。ここでは鳥が血の涙をふらすという謡曲とのつながりに注目したい。

くれないの涙

室町時代の秘伝的歌集『秘蔵抄《ひぞうしょう》』は「ますらをの えむひな鳥を うらぶれて なみだをあかく おとすよな鳥」の歌を引いている。ここでは業平の歌に仮託され、注に「よな鳥とは、うとうと云ふ鳥をいふなり」とある。えむひな鳥はその雛で、人に捕られて「なみだをあかくおとす」という。さらに「引歌」として、「みちのくの そとのはまなる 老鶬《おいうとう》 紅こぼす 露の紅葉ば」の歌を載せる。注に「これもなみだの紅とよめり、奥州のそとのはまに、おほくあるとりなり」とある。第二歌に「紅こぼす露の紅葉ば」とあるのは第一歌の「なみだをあかくおとす」につながる。(15) この書は永享十年(一四三八)の奥書がある。(16)

なおまた『善知鳥』のなかで猟師の蓑笠に血の涙が降りかかるくだりに、「目も紅《くれなゐ》に、染《そ》みわたるは、紅葉《もみぢ》の橋の、鵲《かささぎ》か」とあった。これも古今注『三流抄』に依拠している。(17) 七夕の夜にかささぎが羽を連ねて橋を架け、それが織姫と彦星の別れの涙で真っ赤に染まり、もみじの橋になるという。[18] 同じことが歌論集『正徹物語』にも記してある。[19] 文安五年（一四四八）もしくは宝徳二年（一四五〇）頃の成立とされる。[20] 謡曲と時代が近接する。

謡曲の主題も詞章もともに和歌から連歌におよぶ伝統の延長上に位置していた。それは中世の古今注を経ており、『古今集』そのものから乖離した文芸世界のことがらである。すでに指摘されているとおり、この曲は歌にちなむ説話にもとづくもので、地方的な素材にはかかわりがないとされる。[21] かたや、陸奥あるいはアイヌの民話に原素材があるのではないかという意見もある。[22] あるいは外の浜と立山信仰をつなぐ仏教説話の存在が想定できるかもしれない。[23] いずれも希望的な予測だが、今のところそうした例証は見つかっていない。かえって古今注のなかに物語の素材となり得る言説があった。まずそちらを尊重すべきだろう。

いったいこの主題の著しい特徴は、完成した文芸が先にあって、次々と伝承が付加されていった点にある。『新撰歌枕名寄』に記された説話はすでにひとつの完成形態を示していた。『善知鳥』はそこに接続している。これは世阿弥はもとより観阿弥の活動時期にさえ先行する。そのことを踏まえつつも、なおそこに、みやびな文芸世界からはみ出した、生きることの苦しみが点綴されたところに注目してみたい。

第三章 救いのありか

明けても暮れても殺生

平安時代の末に『梁塵秘抄《りょうじんひしょう》』が編纂された。巻二（二四〇番）に「儚《はかな》き此の世を過ぐすとて海山稼ぐとせし程に 万《よろづ》の仏に疎《うと》まれて 後生《ごしやう》我が身を如何にせん」とある。(1) 漁業も狩猟もともに仏の拒む殺生のわざにほかならない。それをなりわいとして、はかないこの世を生きていくしかないわが身である。あの世へ往ったらどうなることかと嘆息する。この歌はもとより『善知鳥』とは関係がない。まして本説《ほんぜつ》などではおよそない。『風姿花伝《ふうしかでん》』に「よき能と申すは、本説正しく」云々とあるとおり、謡曲の典拠とするにはよく知られた素材でなければならないという。(2) それでも、その訴えの痛切さにどこか通じあうものがありはしないか。

同じく巻二（三五五番）に次の歌がある。「鵜飼《うかい》は可憐《いとを》しや 万劫年経《まんごうとしふ》る亀殺し 又鵜の頸《くび》を結《ゆ》

ひ 現世は斯《か》くてもありぬべし 後生我が身を如何にせん」とある。[3] 万年生きるという亀を餌にし、鵜に川魚を呑ませて首縄をあやつり吐き出させる。それが鵜飼の手法である。そんなむごい稼業で世を渡る身に、あの世でどんな報いがあるのか……。こちらは謡曲『鵜飼』につながるものがある。

『鵜飼』はひとりの僧が旅先で経験した話である。安房《あわ》の清澄《きよすみ》の人というから、いかにも日蓮を思わせる。無人の御堂で休んでいると、夜中に老人が現れた。鵜飼をなりわいとする者だと告げる。かつて禁漁の地で鵜を使ったため、極刑に処せられたという。もとより殺生の罪を犯しつづけた身である。懺悔の言葉をつらねて、あとを弔ってほしいと懇願した。それから鵜飼のさまを演じてみせた。鵜舟の篝火が消えるころ、やがて老人の姿も消えていく。僧は河原の石に『法華経』の文字を記し、鵜飼の成仏を助けようとする。そこへ地獄の閻魔王が現れ、経の功徳によって鵜飼が極楽往生したことを告げたのである。

曲の成り立ちについては『申楽談儀《さるがくだんぎ》』に記事がある。もと榎《え》並《なみ》左衛《さえ》門《もん》五《ご》郎《ろう》の作で、これを世阿弥が改作したという。[4] さらに「鵜飼のはじめの音曲は、ことに観阿の音曲を写す」とあり、観阿弥の手を経たことが知られる。上演の記録は『糺河原勧進猿楽記《ただすがわらかんじんさるがくき》』に見える寛正五年（一四六四）の記事がもっとも古い。[5]

懺悔の場で鵜飼はしみじみ語った。鵜舟にともす篝火《かがりび》は明るくとも、冥途はどんなに暗かろう。世の中がわずらわしいなら、いっそ捨ててしまえばよいのに、そんな心も起きない。鵜使いのおもしろさにかまけて殺生をくりかえしてきた。殿上人は月がかげれば寂しかろうが、自分は闇夜をよろこぶ身。そんな身に生まれた因果を悔いたところで甲斐もない。今夜も鵜舟を漕ぎ出すばかりだ。はかない命をつなぐのに、これをなりわいとするしかないふがいなさ……。

「叶《かな》はぬ命継《つ》がんとて　営む業《わざ》の物憂《ものう》さよ　営む業の物憂さよ」と嘆きを重ねる。(6)

『善知鳥』も同じことを語っていた。士農工商の家に生まれることもかなわず、「ただ明けても暮れても殺生を営み」つづけるしかなく、どれほど身を焦がそうが「報ひをも忘れける、事《こと》業《わざ》をなしし悔しさよ」とあった。謡曲『阿漕《あこぎ》』もそれを語る。「せめては職を営む田夫《でんぷ》ともならず　かくあさましき殺生の家に生まれ　明け暮れ物の命を殺すことの悲しさよ」と愚痴る。いくら悲しかろうと、世を渡っていくためなのだ。今日も仕事に出かけるしかないという。(7)

あこぎな者たちの定め

『阿漕』は伊勢の阿漕が浦で禁漁を犯して処刑された男の話である。秋風の吹く頃、参宮に向かう旅人のまえに漁師が現れた。濡れた衣を乾かすひまもなく、渡世の憂いを語り出し、ついで阿漕が浦の古歌を引き、禁漁の由来とおのが処刑の顚末をあかして姿を消す。旅人は浜辺にたたずんで、男の菩提を弔うことにした。夜が更けてから、漁師の亡霊がふたたび現れ、満ち潮の海に向かって網を引きはじめる。「こりもせで　なほ執心《しうしん》の」尽きることなく、波はやがて猛火となって男を襲う。網にからまる魚類は毒蛇となって男を苦しめ、地獄の氷と炎がこもごもその身を責めさいなむ。「阿漕が浦の　罪科《つみとが》を　助け給へや旅人よ　助け給へや」と叫ぶ声もたえだえに、波の底へと消えていった。(8)

この曲の作者は知られていない。永正十三年（一五一六）以前の『自家伝抄』に世阿弥作として「安古喜」の名で出る。(9) 大永四年（一五二四）の『能本作者註文』にも世阿弥作として「安濃」の名で出る。(10) しかし古歌の扱い方など、世阿弥の手法とまったく異なることが指摘されている。(11) 上演の記録は『言継卿記《ときつぐきょうき》』に見える享禄五年（一五三二）の記事がもっとも古い。(12)

『阿漕』『鵜飼』『善知鳥』は三卑賤《さんひせん》と呼ばれてきた。いずれも殺生をなりわいとし、生前の罪で地獄に堕ちた者の物語である。ただし『鵜飼』の鵜使いは経の功徳で地獄から救い出される。(13) だが『阿漕』の漁師も『善知鳥』の猟師も救われない。『阿漕』の漁師はあさましい殺生の家に生まれた身の不遇をかこつばかり。『善知鳥』の猟師は明け暮れ殺生を営む身の情けなさを嘆く始末だった。この者たちに救いはないのか。そもそも彼らは世間からどのように見られてきたのか。

源信の『往生要集《おうじょうようしゅう》』に該当する記事がある。この書物は六道すなわち死後の生まれ変わり先に関する仏教経典の抜粋集、いわゆる抄物である。地獄道から説きはじめる。その最初に等活《とうかつ》地獄が七箇所あり、六番目を「不喜処《ふきしょ》」という。大火炎が昼夜をわかたず天を焦がしている。そこは「法螺貝を吹いたり鼓を打って恐ろしげな音をたて、鳥や獣をあやめた者が堕ちる所」と語られる。[14]この記述は漢訳経典『正法念処経《しょうぼうねんじょきょう》』がもとになっている。そこには「林野を遊行し、貝を吹き鼓を打ち、種種の方便にて大悪声を作す。その声甚だ畏るべし」とあり、それにたずさわるのは「悪しき業を行う者」だという。[15]

この者たちを親鸞は「屠沽《とこ》の下類《げるい》」と呼んだ。『唯信鈔文意《ゆいしんしょうもんい》』にいわく、屠は「よろづのいきたるものをころしほふるもの」をいう。鳥獣魚類を屠殺する者である。それは「れうし」すなわち猟師であり漁師である。沽は「よろづのものをうりかうもの」のこと。それは「あき人」すなわち商人である。狩猟・漁業・商業の従事者はいずれも「下類」と見なされた。[16]

しかしまた次のようにも言う。「れうしあき人、さまざまのものは、みな、いしかわらつぶてのごとくなるわれらなり」とある。[17]猟師も漁師も商人も石ころや瓦礫のような私たちそのものだという。彼らだけが下類なのではない。誰もひとしなみに下類である。ここには「屠沽の下類」が「具縛《ぐばく》の凡愚《ぼんぐ》」とならべてある。それは「よろずの煩悩にしばられたるわれら」にほかならない。ならば下類のわれらは、親鸞の奉ずる阿弥陀の救いにあずかれないのか。親鸞を宗祖とする真宗の救済対象とはならないのか。

如来の放つ光に

阿弥陀如来はあらゆる人を救おうと誓いを立てた。その誓いを心から信じるならば、そのとき誰もが「摂取《せっしゅ》のひかりのなかにおさめとられ」るという。如来の放つ光に包み込まれるのである。猟師も漁師も、石ころ同然のわれらもことごとく包摂される。こうした思いは『歎異《たんに》抄《しょう》』にも書きとめられた。そこには、海川に網をひき、魚を釣って生活する者も、野山で狩りし、鳥を捕って命をつなぐ者も、商売し、田畑を耕して暮らす者も変わりないとある。すべては因果の報いなのだから、どうあがいても仕方ない。ただひたすら阿弥陀如来の誓いを頼みにせよという(18)。

『唯信鈔文意』は親鸞自筆本が伝わる。そこには康元二年（一二五七）の日付がある。宗祖みずからその教えを説きつづけたとしても、その範囲はいまだ限られていたろう。『歎異抄』は弟子の唯円が著したものだが、「外見あるべからず」と銘記され、長らく世に知られずにいた。本願寺は参詣する人もまばらな時代がつづいた。真宗の教えが広まったのは宗祖から二百年のちのことである。第八世の蓮如の尽力で門徒の数はふくれあがっていく。

蓮如筆『御文《おふみ》』第一帖に「当流の安心《あんじん》のおもむき」が語られる。真宗の信心において大事なのは何か。――断じて自分の心が悪いのだと決めつけたり、迷いや執着を起こさぬようにせよというのではない。商売も奉公もするがよい。狩りも漁《すなど》りもするがよい。罪業を重ねるだけの生活に心をくだいていくしかない。そんな取るに足らぬ私たちでも助けてくださると、そう誓った阿弥陀様の悲願を心から信じればよいのだ。阿弥陀様に助けていただいた、その恩返しのつもりで命のあるかぎり念仏するがよい。これこそが「安心決定《けつじょう》したる信心」だという。(19)

この文は『御文』のなかでも卓絶している。どんな職業にたずさわる者であってもかまわない。「猟すなどりをもせよ」という。阿弥陀如来の救いに外れる者など、どこにもいない。そのことが高らかに宣言された。末尾に文明三年（一四七一）の日付がある。それは『鵜飼』はもとより『善知鳥』や『阿漕』にも遅れる時代のことだった。

先ほどの鵜飼を詠った今様《いまよう》に戻ってみれば、そこでは「鵜飼は可憐《いとを》しや」と詠い出されていた。これについては文学史からの指摘がある。この歌が含まれる『梁塵秘抄』「四句神歌」の担い手は神につながる職能者であって、鵜飼は「よそ目」に見られているに過ぎない。この歌は鵜飼がみずから詠んだものとは考えがたいという。[20]ただ、ここで注目したいのは、初句はたしかに第三者の視点であっても、結句が「後生わが身をいかにせん」とあって一人称に転じている点である。鵜飼本人の嘆きでないとしても、これを詠う者の嘆きがここで重なってくる。そこには生業ゆえに避けることのできない罪障の自覚があり、救われるべき人の姿があるにちがいない。[21]そうであるならば、時代はすでに下類のわれらの救いのありかを求めていた。やがてその先には、摂取不捨《ふしゃ》の利益《りやく》にあずかる数知れぬ人々の姿が立ち現れてくる。

第四章　謡曲へ流れこむもの

うないおとめの末路

『善知鳥』のなかで、外の浜にある猟師の家におもむいた旅僧が亡者から託された蓑笠を手向けた。(1)そのとき「南無《なむ》幽霊《いうれい》出離生死《しゆつりしようじ》頓証《とんしようぼ》菩提《だい》」と唱えている。謡曲『求塚《もとめづか》』に同じ経文がある。

『求塚』は菟名日処女《うないおとめ》の物語である。『万葉集』（巻九、一八〇九番）に詠まれ、『大和物語』（一四七段）に語られている。二人の男に求婚された処女が水鳥を射当てた者の求めに応じようとした。両者ともに射当てたため、処女は入水し、男たちも刺し違えた。処女の亡霊が塚から現れ、身の咎《とが》ゆえにこうむりつづける地獄の苦しみを語り尽くす。この曲は世阿弥の『五《ご》音《おん》』に「亡父曲」とある。(2)世阿弥の手が加わっているにせよ、基本的には曲も詞章も観阿弥の

原作と考えられており、複式夢幻能の最初期の作例とされる。(3)

問題の経文は旅僧が菟名日処女を弔って読経する場面に出てくる。処女の塚の前に坐した僧が「弔ふ法《のり》の声立てて、南無《なむ》幽霊《いうれい》　成等正覚《じやうとうしやうがく》　出離生死《しゆツりしやうじ》　頓証菩提《とんしようぼだい》」と唱えた。(4)これはさかのぼれば源信の『二十五三昧式《にじゆうござんまいしき》』に至るであろう。そこでは縁ある衆生も縁なき衆生も差別なく、すべての霊が生死の境涯を離れて菩提を得るようにと説く。(5)そのときの文言が「出離生死証大菩提」である。

『善知鳥』では猟師の亡霊がこの経文に感じて姿を現した。そして「陸奥の、外の浜なる呼子鳥」の歌を詠んだのち、「一見卒都婆《いつけんそとば》　永離三悪道《ようりさんなくどう》」という経文を唱えた。たとえ卒塔婆を拝しただけでも地獄・餓鬼・畜生の三悪道の苦しみからのがれられるという。わが身のために卒塔婆を立てて供養してほしいと願った。観阿弥《かんあみ》作の『卒都婆小町《そとばこまち》』に同じ文言が見える。老いた小町が朽ち木に腰掛けていると、それは卒塔婆だと僧がさとしてこれを唱える。すると小町は「一念発起《いちねんほつき》　菩提心」と唱え、菩提を求める心を起こすことの功徳を述べて応酬した。(6)これは世阿弥の『知章《ともあきら》』にも受けつがれた。旅僧が須磨の浦で卒塔婆を見つける場面である。清盛の孫知章を供養したもので、ここが討死の場所だという。旅僧はこの経文を唱え、知章の霊が「成道正覚」を得ることを願った。(7)それは生と死のくりかえしから脱して覚醒することである。

つまりは菩提を得ること、すなわち成仏である。

　これはさかのぼれば源信の『万法甚深最頂《まんぼうじんじんさいちょう》 仏心法要《ぶっしんほうよう》』に至るであろう。そこでは「菩提心論に云う」として、「一念に発起する菩提心、百千塔を造立するより勝れたり」と説く。[8]「菩提心論」とは不空《ふくう》訳『金剛頂《こんごうちょう》 瑜伽中《ゆがちゅう》 発阿耨多羅三藐《ほつあのくたらさんみゃく》 三菩提心論《さんぼだいしんろん》』のことだが、この文言は見当たらない。闍那崛多《じゃなくった》訳『出生《しゅっしょう》 菩提心経《ぼだいしんぎょう》』に造寺造塔の功徳を述べた文はあるが言葉が違う。[9]『謡曲拾葉抄』は「華厳経に曰く」としている。[10]しかし三種ある漢訳『華厳経《けごんきょう》』にもやはり該当する文言は見当たらない。貞慶《じょうけい》の『心要鈔《しんようしょう》』は「経に云う」とするのみで経典名を示していない。[11]

　いずれにしてもその典拠は不明とするほかないが、古くから何かの経文として知られていた。平《たいらの》 康頼《やすより》の『宝物集《ほうぶつしゅう》』に「一念菩提心をおこす功徳、百千の堂をつくるにすぐれたり」とある。[12]これは治承年間（一一七七〜八一）の成立とされる。鎌倉市材木座の五所《ごしょ》神社に弘長二年（一二六二）銘の板碑があり、『知章』の文言と同じものが刻んである。[13]鹿児島県錦江町にある文永四年（一二六七）銘の笠石塔婆にも同じ文言が見える。[14]仏書記載の例として天倫楓隠《てんりんふういん》の『諸《しょ》回向清規《えこうしんぎ》』をあげたい。[15]永禄九年（一五六六）の撰述であるから、ずっと遅れるが、これは臨済宗の年忌法要に用いた式文集であるから、この頃にはあまねく知られていたことがわかる。[16]

紅蓮大紅蓮地獄

『善知鳥』はこの「一見卒塔婆」の経文をあげたのち、仏の名号とその教えは紅蓮地獄と大紅蓮地獄、焦熱地獄と大焦熱地獄の責め苦をしのぐという。「たとひ紅蓮大紅蓮なりとも、名号智火には消えぬべし。焦熱大焦熱なりとも、法水には勝たじ」とある。『阿漕』ではこれらの地獄が身をさいなむと語った。「紅蓮大紅蓮の氷に　身を傷め骨を砕けば　叫ぶ息は　焦熱大焦熱の　焔煙《ほのおけむり》雲霧《くもきり》　たちゐに隙《ひま》もなき」とある。(17) 謡曲『歌占《うたうら》』も同様に語る。「ある時は、焦熱大焦熱の、炎にむせび、ある時は、紅蓮大紅蓮の、氷に閉じられ」とある。(18) この曲は世阿弥の『五音』に元雅《もとまさ》の作と記された。(19)

これはさかのぼれば永観《ようかん》の『往生講式《おうじょうこうしき》』に至るであろう。そこでは「無始より以来《このかた》、六趣に輪廻し備《つぶさ》に諸の苦を受く。或は焦熱大焦熱の炎に咽《むせ》び、或は紅蓮大紅蓮の氷に閉じらる」と説く。(20) これは承暦三年（一〇七九）に撰述された。さらにその源泉には源信の『二十五三昧式』がある。そこでは「願わくば焦熱大焦熱の中、紅蓮大紅蓮の間、遍照《へんじょう》の光明を放ち、速かに受苦の衆生を引導せられんことを」と説く。(21)『謡曲拾葉抄』は源信の『三界義《さんがいぎ》』をあげている。(22) そこでは炎熱地獄・極熱地獄・紅蓮華地獄・大紅蓮華地獄について説く。しかし内容は一致せず、謡曲の詞章の典拠とは見なせない。[23]
地獄の名は多くの漢訳仏典に説かれたが、直接の典拠としては『往生要集』にもとづく場合が多かろう。『求塚』に「まづ等活黒縄衆合《とうかつこくじょうしゅごう》、叫喚《きょうかん》大叫喚、炎熱極熱無間《むけん》の底に、足上頭下と落つる間は」とあるごとくである。[24]

『善知鳥』に戻って、つづく地獄の責め苦の場面では、うとうが化鳥となって猟師に襲いかかる。「鉄《くろがね》の、嘴《くちばし》を鳴らし羽をたたき、銅の爪を磨ぎ立てては、眼《まなこ》を摑《つか》んで肉《ししむら》を、叫ばんとすれども猛火けぶりに、むせんで声を上げ得ぬ」とある。猟師は雉に変じて野犬や鷹に追いかけられるという。『求塚』では鴛鴦《おしどり》が鉄鳥と化し、「鉄の、嘴足剣《はしあしつるぎ》のごとくなるが、頭《かしら》をつつき髄《ずい》を食《くら》ふ」とある。[25]これもさかのぼれば『往生要集』に至るであろう。前にあげた等活地獄第六の不喜処につづく箇所である。そこには嘴から炎を吐く鳥が棲み、野犬や狐が恐ろしいうなり声をあげ、突如襲いかかってきて罪人の肉を食らう。堅い嘴をした虫が骨に入り込んで髄を食い荒らすとある。[26]

『往生要集』は漢訳経典に依拠しているから全文漢文だが、これに加点訓読を施した書物が続々と現れた。そのひとつ最明寺本《さいみょうじ》には「熱炎の嘴アル鳥、狗犬野干の其の声、極悪にシテ甚タ怖畏ス可シ、常ニ来テ食噉す」とあり、「金剛嘴アル虫、骨ノ中ニ往来テ、其の髄ヲ食ラフ」

とある。[27] こうした訓読本が謡曲の実際の源泉となったのではないか。

『善知鳥』の同じ場面、叫ぼうにも声が出ないとある箇所については、謡曲『砧《きぬた》』にならった可能性が指摘されている。[28] そこには「胸の煙の、炎にむせべば、叫べど声が、出でばこそ」とある。[29] この曲は世阿弥の作とされる。[30] これまたさかのぼれば源信の『二十五三昧式』に至るであろう。そこでは罪人は火炎に包まれ、煮えたぎった鉄が肝を砕く。「泣けど涙落ちず、猛火眼を焼く故なり。叫べど声出でず、鉄丸喉に満つる故なり」とある。[31] なお、このくだりの末尾に先ほどの「出離生死証大菩提」の経文が示され、阿弥陀の名号を唱えることを勧めている。そこに参集した人々がこれを唱和したにちがいない。

「亡者の影は失せにけり」

『善知鳥』の最後の詞章は、「助けて賜《た》べや御僧《おんそう》、助けて賜べや御僧と、言ふかと思へば失《う》せにけり」である。亡霊が消え去るのは謡曲の常道のひとつだが、『阿漕』の最後はこれときわめて近い。そこには「阿漕が浦の　罪科《つみとが》を　助け給へや旅人よ　助け給へや旅人とて　また波に入りにけり　また波の底に入りにけり」とある。いずれも『求塚』の構成にならったのではないか。そこには「なう御僧この苦しみをば、何とか助け給ふべき」と乞うたのち、先ほどの責め苦のさまが描写され、やがて塚のなかへと「亡者の形は失せにけり、亡者の影は失せにけり」となって終わる。

ここまで改めてふりかえれば、『善知鳥』の「南無幽霊 出離生死 頓証菩提」は観阿弥の『求塚』がこれに先んじていた。もとには源信の『二十五三昧式』があった。次に「一見卒塔婆 永離三悪道」は観阿弥の『卒都婆小町』が先んじていた。もとには源信の『万法甚深最頂仏心法要』があり、世阿弥の『知章』につながっていた。次に「紅蓮大紅蓮」と「焦熱大焦熱」の詞章は『往生要集』にさかのぼることはまちがいないが、直接には『二十五三昧式』や『往生講式』にもとづいていた。それは『求塚』につながり、『善知鳥』や『阿漕』、元雅の『歌占』にも取り入れられた。あの世で化鳥に襲われるさまは『求塚』の描写が先んじていた。もとには源信の『二十五三昧式』があり、世阿弥の『砧』につながっていた。物語の終局において、僧に助けを乞いつつも救われないままに消えていくところは『求塚』が先んじており、『阿漕』でもくりかえされた。総じて構想も詞章も『善知鳥』は観阿弥の『求塚』に多くを負ったと考えられる。

謡曲の素材として取り入れられたものの多くが中世の古今注であることは前に述べた。それは『古今集』そのものから離れた文芸世界のことだった。同様に、謡曲の背景にある仏教的な語彙も、仏教経典それ自体ではなく『往生要集』のような抄物にもとづいていた。さらにそれを人々が唱える講式に加工したものにより多く依拠したにちがいない。読まれた『往生要集』よりも歌われた講式の方が直接の素材になり得たであろう。

後編

追尋、そして放擲

第五章　文学から博物学へ

受け継がれる伝統

時代は移り、江戸に幕府が開かれてのちも、うとうやすかたを語る文芸の伝統はなおも継続した。

語り物文芸としての説経《せっきょう》（説経節あるいは説経浄瑠璃とも呼ばれる）の発生は室町時代以前にさかのぼるが、興行がさかんになるのは江戸初期からとされる。(1)『さんせう太夫』の正本すなわち上演台本は寛永末年（一六四四）頃の刊本がもっとも古い。人買いに取られ、安寿《あんじゅ》とつし王丸を乗せた舟は母御の舟から次第に遠ざかってゆく。「今朝越後の国直江《なおえ》の浦に立つ白波が、横障《おうしょう》の雲と隔てられ、我が子見ぬかな悲しやな。善知鳥安方の鳥だにも、子をば悲しむ習あり」とある。(2) いくら子どもたちの名を呼んでも、もう声は届かない。

そのころの説経者は、社寺の門前や境内など人通りの多いところで簓《ささら》を擦りながら語って歩いた。(3) このときすでに庶民のあいだにも、うとう説話は知られていたにちがいない。これは浄瑠璃にも登場する。正徳二年(一七一二)に初演された近松門左衛門の世話物『夕霧阿波鳴渡《ゆうぎりあわのなると》』に親子鳥の名が語られている。遊女夕霧の子は他人の手で育てられていた。生きているうちに、わが子にひとめ会いたい。蒲団に伏してしゃくりあげながら、「うたふ声にも血の涙、子は安方の囀《さへづ》りや」と歌う夕霧であった。(4)

古浄瑠璃の時代を経たのち、人形浄瑠璃が空前の盛況をむかえるのは、大阪に竹本座が創始されて近松門左衛門が専属の劇作家に登用されたことによるという。その頃には親子鳥の物語は世間であまねく知られていたのだろう。あるいはまた、こうした都市の芸能を通じて、うとう説話が民間に浸透したと言えるかもしれない。藪医者物語で名高い仮名草子『竹斎《ちくさい》』にもそれがうかがえる。北野天満宮に詣でる群衆のあいだで囃子《はやし》の音もかまびすしい。やがて「例の御好きの善知鳥をば、一番こそは舞はれける」とつづくほどの知名度だった。(5)

歌枕の伝統もまた近世において健在だった。井原西鶴の『一目玉鉾《ひとめたまぼこ》』に記事がある。蝦夷千島にはじまり壱岐対馬に至る名所歌づくしの書で、元禄二年(一六八九)に刊行された。浮世草子の大家は、もと矢数《やかず》俳諧の師匠として知られた。ここでは津軽の名物として「うとう　やすかた」をあげ、外の浜について「此所、今に殺生人猟師の世をわたる業《わざ》とて、幽《かすか》に住あれて、物淋しき浦也」と記す。これは伝聞だろう。ついで古歌三首をあげている。すなわち、「紅《くれな》ゐの　涙の雨に　ぬれし迚《とて》　簑を着て取《とる》　うとふやすかた」「陸奥の　外の浜なる　うとふ鳥　子はやすかたの　音をのみそ鳴」「子を思ふ　涙の雨の　みのの上に　かかるもつらし　やすかたの鳥」とある。(6)いずれも古来あまたの書物に伝えられてきたものばかりである。第二首は『大塔物語』に「うつほ鳥」として出ていた歌と異ならない。

津軽藩の史書『津軽一統志』に記事がある。津軽家代々の事跡を記した官撰の書で、享保十六年（一七三一）に刊行された。首巻に領内の名所古跡を列挙している。すなわち、「十府菅《トフノスカ》薦《コモ》　野田ノ玉川　外ノ浜　有多宇末井《ウタウマヰ》梯《カケハシ》　鳥頭安潟　津軽野」とある。(7)有多宇末井梯は『吾妻鏡』に記された天下の険阻である。頼朝派遣の軍勢と奥州藤原氏の残党とのあいだで文治五年（一一八九）一二月から翌年三月にかけて争乱があった。大河兼任《かねとう》に率いられた残党は北上川を越え、外の浜と糠部の間にある交通の難所「有多宇末井之梯」に立て籠もったという。(8)ここが最後の戦場となり、奥州合戦は終結に向かう。鎌倉幕府がはじまる時代のことだった（有多宇末井之梯のことは次章でも取りあげる）。

『津軽一統志』首巻はつづけて、名所古跡各項の紹介のところで、鳥頭安潟にちなむ古歌四首をあげている。謡曲『善知鳥』に登場する「陸奥の 外の浜なる 呼子鳥 鳴くなる声は うたふやすかた」ならびに西鶴のあげた三首である。(9) ここでは、官撰史書が藩主による津軽統一という偉業を述べるに先立って、歌枕や古来の名どころの紹介からはじめていることに注目したい。(10) うとうの名は全国に知られており、藩にとって誇るべき資源だったにちがいない。

海鳥の生態観察

本来は文芸世界の伝承であったものが、歌や説話の普及と連動するかのように、やがて具体的な鳥そのものへの関心が高まっていく。早くは徳川初期の年代記『当代記』に記事がある。同書は家康の外孫松平忠明の撰述とされるが、成立時期は知られない。慶長十二年（一六〇七）六月の条に、宇都宮藩主奥平家綱が父信昌に善知鳥を献上したとある。謡曲で名高い鳥を一見したいとの要望に応え、松前から塩漬けにして送らせたという。頭は「猪のしかりけのごとく、足は水鳥のごとくである。大きさは「あぢと云水鳥のちと長き」ほどで、子を「平砂に生捨ける」習性がある。四月から七月までかの地に棲息するという。(11) うとうはかつて津軽や下北に飛来していたが、いつしか繁殖地を北方に移動させた。のちには蝦夷地の島々まで人を遣わして捕獲するようになる。

俳人其角《きかく》の文集『類柑子《るいこうじ》』に記事がある。同書は宝永四年（一七〇七）其角没後の刊行である。松前へ渡った商人の見聞を書きとめている。いわく、島々の猟師は「鳩吹手合《はとふきてあわせ》」の要領で鳴き声をまねて鳥を打つ。うとうと呼ぶのは「打追《うちおう》の心成《なる》べし」という。「うちおう」がつづまって「うとう」になったというのである。ひとつの語源説である。さらに「はやし立る列士《せこ》のものをやすかたといふ也」とある。打ち追う方《かた》、はやす方《かた》をふた手に分けて、後者をやすかたと呼んだという。つづけていわく、「ゑびす共笠《ども》にかくれ、蓑にふす有さま、やすからぬ」とある。これは謡曲の一場面を思わせる情景だが、ゑびすとは「卒土の浜、東夷をさす也」としている。(12) 卒土の浜は外の浜、その土地の者を古来の呼称にしたがって東夷と呼んだ。鳥の生態についての関心のみならず、語源探求もまた近世における顕著な動向と言ってよい。

仙台藩の地誌『奥羽観迹聞老志《かんせきぶんろうし》』に記事がある。同書は享保四年（一七一九）に完成した。うとうについて、「相伝ふ」として、もとは外の浜の産と記している。もはやそこには棲息していなかったのだろう。春から夏にかけて商人が売りにくるという。子鳧《コガモ》に似て色は薄黒く、くちばしは黄色く、顎の下から腹まで真っ白である。商人が言うには、脂がのって美味であり、その味は鴨に劣らない。「脾胃を養ふに足る」ゆえに、これを捕らえる者が跡を絶たないとある。(13) うとうも美食家の餌食にされてしまったのだ。

故実の大家伊勢貞丈《さだたけ》の『安斎《あんさい》随筆』に記事がある。同書は天明四年（一七八四）没後の遺稿集である。謡曲の説話と歌を載せたあと、『謡曲拾葉抄』の記事を引いてこれを批判した。「うたふは雁の事なり」というが、それは誤りだという。『謡曲拾葉抄』に「或説云」として、「うたふとは鳥の名に非ず雁の子を親の呼声を云也」と記していた。さらに「或書云」として、鳥の姿かたちは「方目《ハン》に似たり。味脚《ハシアシ》も方目に似て頭は鳧のごとし。嘴の上に肉角あり赤色也」と記していた(14)。これについて貞丈いわく、うとうを「ほしからぼし」にしたものを見たところ、毛は薄黒く、くちばしは乾いて色がさめてしまったが、「肉角にあらずかたし」という(15)。

鳥の生態が明らかになるにつれ、身体的な特徴のひとつとして、くちばしの上に突起があることが知られてきた。このことは天明元年（一七八一）の自序を有する松前広長《まつまえひろなが》撰『松前志』にも言及がある。著者は松前藩主の家系につらなり、現地での見聞に徹した地誌である。うとうは蝦夷地では「ツナキトリ」または「ハナトリ」と呼ばれ、海中にもぐって魚を捕らえ、くちばしの上の鼻のあたりに獲物を「ひつかけつなぎ出て」これを食する。それが名の由来だという(16)。

古川古松軒《こしょうけん》の『東遊《とうゆう》雑記』に記事がある。同書は古松軒が天明八年（一七八八）幕府巡見使に随行し、奥羽および蝦夷地を視察したおりの記録である。松前から青森に戻ったのは同じ年の八月だった。大飢饉の直後であるため、惨状は言いようもない。善知鳥神社が巡見所に指定された。謡曲や浄瑠璃で知られた旧跡なのに、土地の人は何も知らず、社殿はみすぼらしい。厳島明神を勧請したというが明証はなく、併祀する宗像明神も津軽侯にゆかりがあるというだけで、「名に聞しとは大違ひの処」だという。うとうの歌や説話はさまざまあれども、いずれも「和歌者流好事家の説にして埒《らち》もなき論也」と断じている。一行が呼子鳥について語らっていたとき、それを耳にした土地の人足が、「呼子鳥と称する鳥は鶴の事」だと語った(17)。名にし負う善知鳥の故地といえども、それは歌枕の名所というばかりで依然未知の土地である。現地を訪れた者が幻滅するのも無理はない。

語源探求の深化

曲亭馬琴の『烹雑記《にまぜのき》』に記事がある。文化八年（一八一一）刊行の随筆集である。「多湊《さはと》ぶり」の項は佐渡に関する種々の考証であり、相川《あいかわ》の鎮守である善知鳥大明神について記している。そこには「陸奥の方言に、海浜《うみべた》の出崎を、うとふといふ」とある。これは前述の『吾妻鏡』に記された「有多宇末井之梯」を踏まえた発言だろう。青森市街から陸奥湾に沿って国道四号線を北東へ進むと、旧道の県道二五九号線に分岐する。海ぎわの旧道をたどると、高く突き出た断崖があって、有多宇末井之梯の古戦場跡がある。現在は善知鳥《うとう》崎《まい》と呼ばれ、海浜の出崎というにふさわしい景観である。

外の浜にいる水鳥は、くちばしのつけ根に高く突き出たところがある。それだからこの鳥をうとうと呼ぶという。出崎ともども「さし出たる処を、うとふといふは、東国の方言なり」とある。美濃に「うとふ村」があり、信濃に「うとふ坂」がある。どちらも「さし出たる処」なのでその名があると馬琴は記す。[18]

つづけていわく、親鳥が「うとう」と鳴けば、雛鳥が「やすかた」と応えるというので歌に詠まれてきたが、それは理に合わない。荒磯の「安かるべき干潟」に子を産むから、やすかたと言うのではないか。「親を出崎に比《たぐへ》て、うとふといひ、子を干潟に喩《たとへ》て、やすかたといふ」と理解する方が無難だが、辺境のこととて伝聞のあやまりもあろうから、推論にも限りがあるという。いずれにせよ、「みやこ人は、その名だに、しかとしらざる鳥にやありけん」と馬琴は結んだ。[19] やはり歌枕や説話の世界のこととして理解されていたのだろう。ただしこの語源説は、近代になってから一面において支持された。[20]

幕府編纂の『古今要覧稿《ここんようらんこう》』に記事がある。同書は古文献を対象とした類書で、一千巻の予定であったが、総判を務めた御家人屋代弘賢《やしろひろかた》が天保十二年（一八四一）に没したため未刊に終わった。うとうに関する記事は、小山田《おやまだ》与清《ともきよ》の『松屋筆記』に引いてある。御徒目付の野中新三郎が文化三年（一八〇六）に蝦夷に渡った。うとうはその頃には松前にも飛来しなかった。明和年間（一七六四〜七二）に松前藩の家臣が三、四百里遠方の無人島で異形の鳥を鉄砲で撃ちとめたところ、仲間の鳥が鳴きながら雨のごとく露を降らせた。公家の花山院家《かざんいんけ》の家来がこの話を聞き、うとうにちがいないと上奏したことがあった。新三郎は「西蝦夷の内テウレといふ嶋ヤンケシリといふ嶋の辺」までおもむき、漁民に捕獲を命じた。これは天売島《てうりとう》と焼尻島《やぎしりとう》のことで、現在もうとうの巣があることで知られる。漁民が網で捕らえようとすると、かつてと同じく鳴きながら雨のごとく露を降らせた。謡曲には血の涙を降らすとあるが、これは「涙にあらざるがごとし。口より津液をした、るにや」という。鳴き声は鷗に類するものだったと新三郎は伝えている。(21)

このとき最上徳内《もがみとくない》も同行していた。北方探検で知られた人である。森銑三《せんぞう》の考証がある。徳内は「遠国御用」の命を受け、新三郎とはからって西蝦夷でうとうを五羽捕獲し、これを剥製にして江戸に運んだ。弘賢もかねがね実物を見たいと望んでいたので、一羽を贈ったという。(22)

『古今要覧稿』を転載した『松屋筆記』にさらに記事がある。同書は弘化二年（一八四五）頃までに集成された。うとうに関する種々の文献を摘録しており、掲載順に示せば以下のとお

りである。すなわち、謡曲『善知鳥』『古抄』『春雨抄《しゅんう》』『松葉集《まつば》』『和歌名所追考』『類葉集《るいよう》』『陸奥名所寄《むつめいしょよせ》』『秘蔵抄』『藻塩草』『築島草子《つきしまそうし》』『新撰歌枕』『物品目録後編《ぶっぴん》』『大和本草《ほんぞう》』『奥羽観迹聞老志』『吾妻鏡』『廻国雑記』『烹雑記』『和漢三才図絵』『東遊雑記』『新撰字鏡《しんせんじきょう》』『類聚《るいじゅう》名義抄《みょうぎ》』『本草啓蒙《けいもう》』『安斎随筆』『謡曲拾葉抄』『古今要覧稿』である。

与清は『古今要覧稿』釈名の条に、うとうを松前方言で「つなぎ」としたのを受け、「一鳥捕らるれば衆鳥跡をつなぎて悲鳴するゆゑにや」と述べている。これは前述の『松前志』の記述とは異なり、新三郎なりの観察にもとづく見解にちがいない。また、うとうが砂に穴を掘って子を産むがゆえに、「鵜《うとう》の字はた同義也」としたのも注意される。[23] 博物学的な関心と語源探求は幕末までつづき、やがて鳥獣図誌にその姿が表現されるに至った。

屋代弘賢の『不忍禽譜《しのばずきんぷ》』に図と記事がある。同書は天保四年（一八三三）頃に編纂された。第一葉にうとうの親鳥の図を載せる。題辞は欠落している。以下、第二葉に「善知鳥雛歟」として雛鳥の図を載せ［口絵］、第三葉に「善知鳥之卵」として卵の図を載せる。第四葉は親鳥の姿を白描で載せ、第五葉はふたたび親鳥の図、第六葉は「ウトウ図」として親鳥の彩画を載せたのち、謡曲の歌と説話を引き、さらに前述の伊勢貞丈の記事を掲載している[24]［図1］。彩画の下に「苕渓手摹」とある。苕渓《ちょうけい》は山水花鳥画の絵師宋紫山《そうしざん》の号である。

［図１］「ウトウ図」屋代弘賢『不忍禽譜』第六葉
（https://dl.ndl.go.jp/info:ndljp/pid/1286932）

ふりかえってみれば、うとうはもともと文芸世界の存在だった。それが近世になると海鳥の実物解明へと方向転換した。これは歌枕についても同じことが言える。本来は歌の枠内に位置づけられていたものが、実際の土地への関心が昂じていき、やがて歌枕の地が具体的な名所として次々と確定していく。まのあたりの景観に詩心が高揚することは措いても、海鳥の涙の実体が口内分泌物であることが明らかになって、いったい何が深化したのか。近世に科学的考察の意欲が旺盛になったにはちがいない。だがそのことが、文学創造の沃野を痩せたものにしてはいないだろうか。

「曾止《ソト》の浜人」を自称する西沢敬秀《たかひで》が『善知鳥考』を刊行した。嘉永六年（一八五三）の自序がある。本編二巻と拾遺二巻から構成され、善知鳥の名を冠した書物として空前の規模である。およそ善知鳥に関連するあらゆる事項を網羅すべく、本編拾遺ともに「陸奥国」から説きはじめ、「津軽郡」「曾止乃浜」すなわち外の浜、さらに「青森街」「安方」へと、それぞれの場所の特定と地名の考証を進めていく。ついで善知鳥の語源と表記について論じたのち、善知鳥神社の起源と沿革に及ぶ。引用書目は『古事記』『日本書紀』『万葉集』『延喜式』にさかのぼり、はては「いささけき日記様のもの等に至る迄も明証《アカシ》となるべき限りはのせたり」という。ただしその範囲は『松屋筆記』の博捜には及ばない。そのなかで『石上私淑言《いそのかみのささめごと》』や『古事記伝』など本居宣長の著作からの引用がやや目を引く。

本編上巻に謡曲『善知鳥』について言及がある。「烏頭文次安方といへる漁猟者」の身に起きたと記すが、この人名はどこから得た情報なのか。作品の評価については、「思ひたらぬほどなる人のいひなせる、はかなきひがこと」とあって、にべもない。[25] 本編下巻では、善知鳥の語源を「歌《ウタ》ふ」と「訴《ウタ》ふ」の両義から縦横に論じた末に、その名は「啼声によりてなること」という結論に落ち着いている。[26] さらに善知鳥の表記を縷々論じたなかで、善知鳥と悪知鳥の両様の表記について、葭《ヨシ》と葦《アシ》の茂みに群れる鳥ゆえに「葭千鳥、葦千鳥といへる義にてあてたる」にちがいなく、これに「善悪《ヨシアシ》にかけていへる」ものと見なした。[27] 総じてその判断は穏当かつ凡庸である。

うとうの考究は幕末に現れたこの百科全書的な著作において、ひとつの到達点を迎えたと言える。このような知の総体化の埒外《らちがい》で、かつて文芸への沈潜が営々とおこなわれていた。それは人目にふれることさえ限られた環境のもとでのいとなみだった。次章でふりかえってみたい。

第六章　ある旅人の探求

歌枕見まほしとて

うとうに関して多方面からの考察が進むなか、そうした動向とほとんど没交渉にこの鳥を追いつづけた人がいた。徳川の世もなかばを過ぎた頃である。菅江真澄《すがえますみ》は奥羽から蝦夷地を旅し、紀行と地誌を数多く書き残した。数え年三十で故郷の三河を出てから、文政十二年（一八二九）に七十六歳で出羽の角館に没するまで、雪国のあちこちで正月を迎えている。この孤独な旅人を発掘した柳田國男の文章がある。どこの家でも年越しの準備に追われている時刻、その年ばかりの客となった真澄は、「囲炉裏の片脇に何の用も無くて、ぽつんと」過ごしていたにちがいない。(1) その人がなぜ、うとうに関心を抱いたのか。

天明三年（一七八三）二月に故郷を発った真澄は、三月に信濃に至り、塩尻から更科を訪れた。諏訪の近くで新年を迎え、六月に越後を経て奥羽に向かい、九月から出羽に入国して年を越した。天明五年（一七八五）八月三日に津軽領へ入るところから、日記『そとがはまかぜ』がはじまる。深浦から五所川原《ごしょがわら》を経て、十二日に津軽野に至り、広崎（弘前）に数泊した。奥羽一帯は連年の飢饉がおさまらない。道沿いの悲惨なようすがつぶさに記されている。

八月十八日に青森の港に到着した。「安潟といふ町あれど、みなやけたり」とある。前々年に火災があり、仮小屋が建ち並ぶばかりだった。「烏頭の宮といふかん社」も類焼したという。昔はあたりの浜辺に「善千《ヨシチ》鳥《トリ》、悪衜《アシチトリ》」という鳥が群れ飛んでいたが、今ではもう見られない。「うとうやすかたといふは、よしちとり、あし千鳥ならん」と真澄は記した。うとうに関する最初の記述である。善千鳥と悪衜について、真澄は後年ふたたび説いているので、これはのちほど取りあげたい。

ついで古歌を引く。「紅の なみだの雨に ぬれしとて みのをきてとる うとうやすかた」「子を思ふ なみだの雨の 蓑の上に か、るもつらし やすかたの鳥」「みちのくの そとがはまなる うとう鳥 こはやすかたの 音をのみぞなく」とある。いずれも西鶴が引き、『津軽一統志』も記した歌である。文字にいくらか異同がある。(2) 真澄は磯づたいに歩いて、海景を歌に詠んだ。「外が浜 海てる月も よし衜《ちとり》 羽風に払ふ 浪のうき霧」「おもひやる ゐぞが嶋人 弓箭《ゆみや》もて ゐま

ちの月の　影やめづらん」「見るがうちに　空行月の　曇るこそ　ゑぞの島人　こさや吹らめ」とある。心ははや海の向こうに注がれている。

はるかに蝦夷地に思いをはせながら、海をわたれる日はいつになるかと神前でうかがいを立てた。すると「たゞ三とせをまつべし」という神意がくだされた。世間がまだ飢饉で騒然としていた頃である。真澄はこのたびの出立を思いとどまり、渡航がかなう時節を待つことにした。(3)

翌八月十九日、「有多宇末井の梯見にいかんと」海沿いの道をたどった。そこへ鍋釜を背負い、おさな子をかかえた男女が道にあふれんばかりにやって来る。聞けば「じにげ」するのだという。これは地逃げのことである。凶作に見舞われた土地では、人々は家を捨て、米のできそうな場所を求めて移動した。空き家が至るところにできているので、そこに住み着く者もいるが、のたれ死にするのが大方だったという。(4)このありさまでは、これ以上先へ進んだところで自分もいつか飢えてしまう。もとの道を引き返すしかなかった。(5)

最初の青森滞在で得られたものは少なかった。真澄が訪れたのは、うとうの神社と外の浜であり、訪れようとして果たせなかったのは有多宇末井の梯である。いずれも歌の名所であり、世に知られた旧跡である。行った先々で古歌を引き、みずから歌を詠んだ。これは真澄のひとつの方法である。信濃に滞在したおり、「あさゆふ、こととひむつびたる」若い友人がいた。

政員《まさかず》という名で日記『くめじのはし』に出てくる。真澄は別れにのぞんで、「古き歌の心をわきまへ新しきをもかひ求めて」と語った。真澄の作歌の心がけともいうべき言葉を三溝《さみぞ》政員は自身の日記に書きとどめていた。(6)

真澄は歌詠みである。旅のひとつの目的は、歌の世界に伝承されてきた土地を自分の足で踏破し、その風景に感応して歌を詠み、これをことほぐことにあった。歌枕見まほしとて杖をとどめた西行におのれをなぞらえたにちがいない。今では北日本の民俗誌を大量に記した人として知られるが、もとよりそれは真澄の偉大な一面ではあっても、それがすべてではなかった。(7)

古歌を引くよすがか

真澄は南へくだった。同じ月、八月二十二日に津軽国境を越えて秋田領に入り、翌々日に十二所の関を越えた。『そとがはまかぜ』はそこで終わる。南部領に入ってから、歌枕として知られた末の松山のありかを探して歩き、領内で年を越した。翌天明六年から八年（一七八八）まで平泉や仙台に逗留し、歌の名所を訪ねて時を過ごしたのち、ふたたび北上を決意した。七月六日に津軽領に入るところから、日記『そとがはまづたい』がはじまる。野辺地《のへじ》を通過し、浅虫《あさむし》の浦に至った。翌日は朝から潮風が強い。「みちは山路ありて馬かよひ、浜路ありて、かち人磯づたひ」するという。[8] これにならって念願だった有多宇末井の梯にたどり着いた。海ぎわの断崖の上に板を渡してある。ふりあおげば茂みのなかに「婀岐都《あきつ》が窟」が見えた。かつて「あら蝦夷人」が岩屋にこもり、船を襲って掠奪をおこなったという。ここでも真澄は古歌を引く。「おくの海　夷がいはやの　けぶりさへ　おもへばなびく　風や吹らん」とある。文言はやや異なるが『壬二《みに》集』に収める藤原家隆《いえたか》の歌である。[9] ところで、このもと歌は「恋歌あまたよみ侍りしとき」の題詠であって、およそ海賊とはかかわりがない。ここにも真澄の日記のありようが顕著に現れている。眼前にひろがる風景にこだわることなく、ほとんど無関係に、記憶の引き出しから古歌が取り出されていく。[10] それによって旅路を歩むという現実の行為が、つねに広大な古典の世界につながる。そのことが大事だった。うとうに関するのちの発言を理解するうえでも注意したい。

万葉の時代は知らず、実景との乖離はむしろ後世の歌の伝統と言ってよい。蝦夷人はこのような所に住んでいたのかと真澄は感嘆する。浦々の景色が見事なので、梯を渡って崖を登ってみた。ふたたび古典の一節が呼び覚まされる。その昔、清少納言が「浜はそとがはま」と記したことを思い出す。能因《のういん》本『枕草子』百八十九段に「浜は、そとの浜。吹上の浜。長浜」云々とあった。[11] 外の浜が筆頭なのは最北の歌枕のゆえだろう。

やや先のことになるが、蝦夷地にわたった真澄は、安可加美《あかかみ》という浜に「蝦夷がいはや」があると記した。『えみしのへさき』に記事がある。(12) 家隆が「おもへばなびく風や吹らん」と詠んだのも、「さんべき処をいふにや」という。このような場所を言うのかと記したのである。浅虫の海岸で家隆の歌を思い出したのは、つい九か月前のことだった。そのとき「蝦夷はか、る処に多く栖たらんを、むかし人もしかながめ給へり」と記したはずだが、そんなことさえとうに忘れた如くである。さらに後年、下北の尻屋《しりや》の海岸でも同じ感慨にふけっている。(13) 家隆も三度目である。所詮は古歌を引くよすがに過ぎなかったのか。

うつぼなるもの

浅虫のくだりに戻ってみれば、そこから海沿いにくだって、その日のうちに真澄は青森の町に着いた。善知鳥神社を再訪し幣《ぬさ》を手向けた［図2］。ここで土地の言い伝えを記している。それは延喜の御代というから、平安時代の中頃のことである。善千鳥と悪禽がおびただしく群がり、田を荒らして稲が実らなかった。国の民が都へ訴えたところ、海鳥の大群を捕らえさせ、むくろを積みあげて塚を築いたという。

つづいて真澄はある流人の伝説を書きとめている。烏頭《うとう》大納言藤原安方《やすかた》朝臣という高貴な

［図２］菅江真澄「善知鳥社」『そとがはまづたい』
（『菅江真澄全集 第一巻』未來社）

人が流罪に処されてこの地で亡くなった。その亡魂が鳥に化して海を飛びかい、磯辺で鳴いていた。土地の人々はこれを烏頭の名で呼び、鴪《うとう》大明神として祀ったという。[14]「うとう」は尊称、「やすかた」はその人の名ということになる。真澄はこれを「浦人の耳に残たる物語ども」として記している。歌の世界では「うとう」は親鳥の鳴き声、「やすかた」は雛鳥の鳴き声であって、ふたつは切り離せない歌ことばであった。青森の港の伝承は語の由来のひとつの説明にはちがいない。真澄はこれだけのことを記したのち、みずからの見聞にもとづく解釈を提示する。

いわく、陸奥では「空《ウツボ》なるもの」をうとうと呼ぶ。うつろになった木をうとう木と言い、うとう坂やうとう山もそこかしこにある。この鳥が海辺に穴をこしらえて巣にするので、「空鳥《ウトフドリ》」と呼ばれたという。[15] ここで真澄は南部の山里での経験を持ち出してくる。とある坂道で乗っていた馬が「とゞと」踏みとどろかしたので、人に問えば、ここは「空坂《ウトフザカ》」なのでこのように鳴り響くと答えた。真澄は信州で「うたふ坂といふ山路」を越えて塩尻に向かったことがある。[16] のちに津軽では「空山《ウタウ》」をのぞんで岩木山に登った。[17] こうした経験にささえられた発言なのである。[18]

つづけていわく、善知鳥神社の近くに大きな沼があり、うとうが群れていた。ここはもと海につながった潟で、「椰須《ヤス》」という木が茂っていたので、土地の人は弥栖潟《やすかた》と呼んだ。古歌に「みちのくの そとがはまべの 喚子鳥 鳴なる声は 善知鳥やすかた」とある。その「こゝろば へ」を問えば、外の浜で雛を呼ぶのは空鳥、その棲むところは安潟かと、古人はそのように思いをはせたのだという(19)。

真澄は最後にこう記す。語りたいことはさまざまだが、ここでとどめておき、あとは「ことふみにのせつ」とした。別の書物に載せたというのである。ここまで読んできた日記『そとがはまづたい』は天明八年(一七八八)に書かれたものだが、その後いく度か改写されている。年代の下限は秋田藩校明徳館《めいとくかん》に日記を献納した文政五年(一八二二)であろう(20)。「ことふみ」に言及したこの一節はそれまでに書き加えられたにちがいない。

文化九年(一八一二)に書かれた随筆『みずのおもかげ』は先ほどの「空《ウトフ》」説を再説したのち、「おのれ、善知鳥《ウトフドリ》の考に、外が浜風といふものにも、つばらに此事記しぬ」と述べている(21)。「外が浜風」は「外が浜づたい」の誤記であろう(22)。ここに言う「善知鳥の考」が『そとがはまづたい』に記された「ことふみ」にあたると考えられる。そうであれば、うとうに関する専著の撰述は文化九年以前ということになる。そしてこれは散逸した書物であった。

失われた書物とその後

昭和十三年（一九三八）一月『秋田魁新報《さきがけしんぽう》』に「真澄翁の善知鳥考」の記事が掲載された。[23]秋田県仙北《せんぼく》郡の今時庵旧蔵の一写本に、失われた「善知鳥考」のあらましが記されていたのである。「菅江翁の曰」とあるから、真澄の直筆本ではない。つづけていわく、陸奥出羽を三十年あまり巡るあいだに書き集めたなかに「善知鳥考」という書物を著したが、「人の借りて失ひにき」という。つまびらかに思い出すのは無理なので、「あらましをいはん」とある。[24]この記述を信頼するならば、これは真澄本人からの聞き書きということになる。真澄は自著の写しをとっておくのが常だから、人に貸して紛失したというのも不審だが、それでも散逸書の一端なりともうかがうことのできる貴重な文献であることはまちがいない。写本の該当箇所には「うたふやすかた」の題記がある。ここでもそれにならいたい。

この書「うたふやすかた」は馬琴批判からはじまる。前の章でふれた『烹雑記』への反論である。いわく、自分はこれまで青森の港、外の浜、松前の浦を巡ってきたが、馬琴が言うところの「海浜の出崎」あるいは「さし出たる処」をうとうと呼ぶ方言は聞いたことがない。陸奥に限らず、空洞のある「窾木《ウツホギ》」を「空木《ウトフギ》」と言い、踏めば鳴り響く坂道を「窕坂《ウトフザカ》」と言うのがならいである。うとうは外の浜にはほとんどおらず、松前の小島に棲息するばかりである。昼は海で獲物をあさり、暮れ方に小島へ戻ってくる。穴をねぐらとし、翌朝また巣から出て海に向かう。そこでこの鳥を「窽鳥《ウタフ》」と呼ぶ。「空ふ《ウナ》」が語源であり、「鵃」の表記も知られるとおりだという(25)。博引旁証の書斎人馬琴に対し、現場主義を誇って反駁を加える。これは真澄の常套手段である。

つづけていわく、うとうを松前では小島鳥と呼ぶ。土地の人は「繫《ツナキ》」や「七里《シチリ》」の名で呼んでいる。この鳥はくちばしのあたりに「鈎刺《カギバリ》」があり、イワシほどの小魚を刺し通して繫いでおく。それで繫と呼ぶのである。また「七里が灘」までつづくほどに群れている。そこで七里と呼ぶのだという(26)。繫鳥や七里鳥のことは『そとがはまづたい』にも記してあった(27)。ただし真澄みずから言うとおり、外の浜ではもはや姿を見ることができないならば、その箇所は蝦夷地の見聞を経たうえでの後年の加筆にちがいない(28)。

これにつづいて、かつて青森の港で聞いた話がやや詳細に語られる。うとうの大群が被害をもたらすので捕獲したくだりである。夜のうちに網を張って親鳥を捕らえ、すみかの穴を襲って雛鳥や卵を捕らえた。親鳥が雨のごとく雫《しずく》を振りまくさまは、蓑を着て取ると歌に詠われたとおりである。捕獲は数年におよび、むくろを積んで築いた塚の上に祠《ほこら》を建て、鳥の霊を弔った。これが「元青杜《アチモリ》」と呼ばれた神社で、のちに安潟町に遷座して烏頭明神としたという(29)。話の後半は『そとがはまづたい』の記事と異同がある。そこでは烏頭大納言の霊を弔った神社とされていた。[30]

最後に安潟の由来を説いて、そこは「安木生えたる湖《カタ》」であることを再確認する。[31]――以上が「うたふやすかた」の概要である。すでに述べたとおり、これは真澄からの聞き書きを記録した写本であって自筆本ではない。『みずのおもかげ』が記す「善知鳥の考」の原本は依然として失われたままである。

うとうに関する真澄の発言はほかにもいくつか見られる。地誌『雪の出《で》羽《は》路《ぢ》雄《お》勝《がち》郡』の草稿が『かせのおちは』に収めてある。これは草稿類を整理して集成した書物である。沖沢村の稲荷大明神について「窕坂《ウトフザカ》に座《マセ》り」として割注を付す。いわく、「此空《ウトフ》坂、出羽陸奥にいと〱多し、おのれ書し、善知鳥考、しの、葉艸につばらに此坂の事をいへり」とある。[32]「善知鳥考」は例の散逸書であり、「しの、葉艸」は真澄の最初の随筆とされる『しののはぐさ』である。文化八年（一八一一）以後の成書とされる。[33]失われたうとうの専著に前後して書かれたにちがいない。

『しののはぐさ』の「善《ウ》知《ト》鳥《ウノ》社《ミヤシロ》」の項は、やはり馬琴批判からはじまる。『烹雑記』の冒頭を引いて、陸奥の方言で「海浜の出崎」について述べたところで、つづく本文が欠落している。[34]

現存冊子の二十五丁裏まで文字が埋まっており、これに接続するはずの二十六丁以下がない。この「善知鳥社」の項の一部が「陸奥国毛布郡一事」を記した写本の裏書に残存する。先ほど紹介した「うたふやすかた」のなかの「繋」と「七里」の記事に該当する箇所を収めている。(35)これも真澄の自筆とされる。原稿の柱に「しの、はぐさ一　十三」の文字があるから、草稿として準備されたことはまちがいない。しかし清書本では破棄された。自信満々で馬琴説に反駁を加えたのではなかったか。あれほど夢中になっていたうとうの考察はどこへ行ってしまったのだろう。

その後、真澄は随筆『ふでのまにまに』でわずかに「うとほのやしろ」について述べている。これは安潟町の「鵜明神《ウトホ》」のことである。また、「空《ウト》にのみ栖《スメ》ば、うつぼ鳥といふべきを、うとふとのみぞ云ひける」として、「空木《ウタフキ》」や「うたふ坂」に言及した。自著である「鵜考といふ一巻《フミ》」にもふれている。最後にうとうの社が故郷の三河にもあることを記すが、それまでになかった発言である。(36)この随筆は文政七年（一八二四）以前に書かれた。

地誌『雪の出羽路平鹿《ひらか》郡』に記事がある。「鵜飛田《ウトブタ》」の村について、佐竹藩の地誌である『郡邑《ぐんゆう》記』に「善知鳥《ウト》蓋《ブタ》」の名で記載されたことを指摘する。さらに河辺郡には「善知鳥村」があり、そこに「踏《フメ》ばしと〱鳴《ナ》る坂」もある。善知鳥坂という地名はところどころにあり、いずれも「空虚地《ウツホノトコロ》」を言うと述べている。外の浜にいた善知鳥は今では松前の海に棲息するだけだが、土に穴を掘ってねぐらとするので「空虚鳥《ウツホトリ》」と呼ぶ。出羽の地にゆかりはなくとも、ここに記しておくのだという。(37) この地誌は文政九年（一八二六）にほぼ稿を終えている。文政十二年（一八二九）まで書きついだ『月の出羽路仙北郡』にも記事がある。千屋《せんや》村の東に善徇山があり、「うつほ山をしかいふなるべし」と注している。(38) 残されたもののなかでは、うとうに関連する最後の発言である。この年七月、真澄は七十六歳で死去した。

晩年に至るまで、うとうの語源は空《うつほ》であるとの自説を捨てなかった。海岸に空洞をうがって雛を養うことに名の由来を求め、空洞のある坂をうとう坂と呼ぶ事例を傍証としつづけた。みずからの足で歩き見聞きすることを信条とし、うとうについて追求してきたはずだ。専著まで著しながら、なぜその勢いがやんでしまったのか。『しののはぐさ』で考察を放棄して以後は、ただひとつの自説に固執したように見える。なぜうとうにこだわりつづけ、そして断念したのだろう。このことは章を改めて考えてみたい。

第七章　なぜ放擲したか

古き名どころを尋ねて

うとうに対する真澄の姿勢について疑問に思うことが二点ある。一は、なぜ彼はうとうを追求しつづけたのか。二は、それにもかかわらず、なぜその考察を途中で放棄したのかである。完成していたはずの「うとう」に関する著作をなぜ手元に残さなかったのか、ということも第二点に連動する。

疑問の第一点については、真澄が書いたものから理解できるところがある。それは歌枕の探訪であった。歌枕の地を実地踏査したうえで、みずから歌を詠み、いつかそれをまとめて名所図絵のような形で出版しようと意図したことが知られる。うとうは外の浜にかかわる重要な主題だったにちがいない。ただ、これはかなり表面的な理由である。もうひとつ注目したいことがある。それは真澄の家族、もしくはきわめて近い間柄にあった者の死が関係している。このことは著述にじかに現れているわけではない。したがって推測していく以外にはないことがらである。同様のことが疑問の第二点についても言える。これは疑問の第一点を踏まえたうえで考えていきたい。

真澄は歌人であった。歌枕の地や名どころの探訪は旅の大きな目的のひとつであった。いずれもすでに述べたとおりである。外の浜もうとうも、もちろんそのなかに含まれていた。民俗への関心はその結果である。絶大な貢献だが、それは本来の目的ではない。そのことは改めて認識しておきたい。

真澄が私淑した本居宣長は『玉勝間《たまかつま》』に記している。「古き名どころを尋ねる事」と題された一節にいわく、古い神社、かつての名どころ、歌枕の地など、今では場所も定かでなくなったものが多い。太平の世なればこそ訪ねてみたいものだが、相応な困難がともなう。こうした古跡を訪ねる事業は、ただ昔の書物だけに頼って考えていたのではおぼつかない。どれほど考察をめぐらせても、書物をもとに推断したことは、その場所に行って確かめてみると、大いに違っている場合が少なくない。「書《ふみ》もて考へ定めたることは、其所にいたりて見聞けば、いたく違ふことの多き物也」という(1)。現場主義の標榜である。とはいえ、町医者が本業の宣長には実行不可能な方法だった。真澄はあえてこの難事業に取り組んだのである。
『玉勝間』は寛政七年（一七九五）から順次刊行された。真澄はこの書物からの抜き書きを『玉勝間拾珠《しゅうじゅ》抄』にまとめているが、これは後年のことである。旅をはじめたころにはまだ『玉勝間』は世に出ていない。しかし真澄がめざしたのはこの国学の先達の精神を体現しようとしたことだった(2)。

外の浜が歌に詠まれたのは、西行の歌「むつのくの おくゆかしくぞ おもほゆる 壺のいしぶみ 外の浜風」がもっとも古いとされる(3)。外の浜を垣間見た真澄は、壺《つぼ》の碑《いしぶみ》の古跡をめざした。当時は多賀《たが》城の碑とする誤伝があったが、古くから下北の野辺地に近い坪の地にあるとも伝えられていた。付近を探してみたが見つからない。日暮れも迫り探訪を断念した。随筆『いわてのやま』に記事がある。いわく、「壺のいしぶみ、外がはま風など」心に描いて詠んだだけの歌はいくらもある。自分も壺の碑を見ていないのだから、人に何を語れようか。いつかまたここを訪れ、じっくり確かめてみたい。「ふたゝびこゝに来て、ひねもすつばらに尋ねてん」と道を急いだのだった(4)。

現地探訪の心意気は晩年まで変わることなく維持された。随筆『くぼたのおちぼ』のなかで、秋田藩士人見《ひとみ》寧《ねい》の著書『黒甜瑣語《こくてんさご》』を批判して言う。この書は現地に足を運ばずに書いたと見えて、場所の特定や方角の是非、時期の錯誤など、はたしてそのとおりなのか疑わしいところがある。「実地《ソノトコロ》を踏《フマ》で人の物語《モノガタリ》のみを聞て、先ッ筆をとれりと見えて、国ところ、東西、時世のたがひもあらんかとおもはる、処あり」という。(5)こうした姿勢は後述する馬琴批判でもくりかえされる。

真澄は文政十二年（一八二九）に秋田で死去した。三回忌に知人らの手で墓碑が建立され、故人の事跡が碑に刻まれた。そこには「いそのかみ古き名どころまきあるき書けるふみ」という文言が見える。(6)真澄が理想としたものを端的に語っていよう。

うとうの故地である外の浜を訪ね、旅の先々でうとうの名のつく場所を通るたび、土地に即してその語源を考えつづけたのも、まさしくこの理想に根ざしている。うとうの探求は真澄のなかでひさしく継続した好個の事例であった。これはうとうに限らないが、考証だけでなく、現地で詠んだ歌を取り入れ、絵図を付していつか刊行しようとした。そのことは画稿集『粉本《ふんぽん》稿《こう》』の序文にも記してある。各地の名称や名物、風俗などを文字に記し、つたないながらも絵に描き、これを画工に依頼して書物にまとめたい。「か丶るくま〱のこりなふつくり画の工なる人にかたらひて、ものせむと」と述べていた。(7)

真澄が旅に生きた時代は各地で名所図絵の刊行がさかんにおこなわれていた。(8)その契機となった『都名所図会《みやこめいしょずえ》』の初版は安永九年（一七八〇）である。故郷の三河でも、文人たちのあいだで名所案内記を兼ねた地誌の編纂が活発化する。[9] 早くは宝永四年（一七〇七）の序をもつ林花翁《はやしかおう》著『三河雀《みかわすずめ》』がある。これは絵入りの社寺参詣記で、著者は俳人である。ついで佐野《さの》知堯《ともたか》著『三河国二葉松《ふたばのまつ》』が元文五年（一七四〇）に刊行され、林自見《じけん》・植田義方《うえたよしえ》・阿部玄熹《あべげんき》共著『三河删補松《さんぽのまつ》』が安永四年（一七七五）に刊行された。明和六年（一七六九）に没した本間《ほんま》長玄《ちょうげん》の『三河堤《つつみ》』を嗣子重玄《じゅうげん》が受け継いで、のちに詳細な地誌に結実する。[10] 真澄が故郷を旅立つころはこのような状況だった。

真澄は自著が刊行されることを期待しつづけた。日記の写しを何部も作って人に贈ったのもそのためだろう。あふれるほどの見聞と古典の教養に裏打ちされた浩瀚な著述がありながら、世間はそれを一冊として開板しなかった。江戸の版元は馬琴が書きあげるのを待ち構えて本にした。そうした作家が現れた時代である。若い日の真澄が「古き歌の心をわきまへ」云々と信濃の友人に語ったことはすでに述べた。これにつづく言葉は「古郷にかへらまくほりすなとの給ひて」である。故郷に帰って何をするつもりだったのか。書物のひとつひとつに美しい題名をつけたのは何のためか。だがその計画もむなしく、彼の著述はついに世に出ることはなかった。うとうに関する専著にいたっては、ついに紛失したままとなったのである。

「はやこく」

真澄はなぜ、うとうを追求しつづけたのか。さらに別の視点から考えてみたい。そのための大事な手がかりが日記『はしわのわかば』にある。これは天明六年（一七八六）に書かれている。蝦夷地への渡航をいったん断念した真澄は、飢饉をさけて南部領に入り、歌枕の地や名どころを訪ねて歩いた。木々の茂みで時鳥《ホトトギス》が鳴くのを子どもらが聞いている。それにちなむ昔話をひとくさり語ったあとで、真澄は若いときの回想を記した。

ある年の夏のことだった。尾張の国名古屋で五つ六つばかりの男の子をつれて社寺に詣でた。多くの人出である。時鳥が鳴くのを聞いて、その子が笑った。どんなふうに鳴いたのかと聞くと、「父《トツサ》へ母《カヽサ》へ」と答えたので、居あわせた人々がどっと笑った。やがてその子は「麻疹《アカモガサ》」にかかって死んでしまった。親たちは思った。時鳥は黄泉の国の鳥にちがいない。早く来て、早く来て、「はやこく」と父と母を呼んでいる。季節が来れば、時鳥は血の涙を流して鳴く。「あなかなし」と耳をふさぐばかりだったという。(11)

真澄はなぜこのことを語ったのか。

名古屋での社寺参詣、利発な子の答え、突然の死、尽きることのない親の痛み、その顚末をまるでわがことのように知っている。「その親ども」と突き放して語りはするが、もしかしたらその親とは真澄本人ではないのか。そのことをすでにこの一節から読み取った人がいる。(12)これは重大な指摘だと思う。言うとおり、たしかな根拠があるわけではない。だが、これだけのことをまったくの他人が語りきれるだろうか。たとえ真澄本人のことでないとしても、ごく近いはらからの身に起きたこととしか思えない。

真澄には早世した弟がいた。最初の日記『いなのなかみち』に、お盆の魂祭《たままつ》りのことが書いてある。ある家で供えものの棚に向かったとき、「世になき母弟の俤も、しらぬ国までたちそひたまふや」と思いをつのらせた。みまかった母と弟のおもかげがまぶたに浮かぶ。こんな他国にまで寄り添ってきてくれるのか。そう思うと、涙があふれてやまない。その思いは歌に詠まれた。「この夕 ありとおもへば は、き木や そのはらからの 俤にたつ」とある。(13)このとき真澄は数え年三十である。先ほどの、はやり病で亡くなった子が、はたして真澄の子か、実の弟か、あるいは弟の子か、それはもはや知りようがない。それでもこれを語る身にとってさえ、身を切られるほどつらい日々だった。頑是ないまま死んでいった子をいとおしむ。そうした親の思いが、これから先も日記のなかに点綴される。つづく日記は『わかこ、ろ』と名づけられた。題名は「わかこ、ろなくさめかねつ」の古歌にもとづく。慰めようのない心を生涯いだきつづけていくのか。

真澄はやがて蝦夷地にわたった。松前に来てすでに三年が過ぎたころ、海沿いに東へ向かった。古い御堂があるほどの土地柄か、何か由緒があるらしく、小さな子が言葉も確かに歌うのを聞いた。奥のわらべ唄かと感心していると、その由来を教えてくれた人がいる。はたとせ前のことだという。はやり病で多くの人が死んだ。山向こうの磯浜《いそはま》の娘が十六で病に伏した。もはやこれまでというとき、起きなおって両親の前で膝を正した。高熱のためかといぶかると、娘は自分でこしらえた唄を口にした。「誰れもゆくものあの山かげにわれも逝くものあとさきに」と、三たびくりかえし、眠るようにしてことされた。真澄は記す。「父母のなげきやおもひやるべし」と。はじめて聞くその物語に「ゆく袖ぬれて、遠う来けり」という[14]。これも思い纏綿《てんめん》とした書きぶりである。どんなに遠くへ来ようとも忘れることのできない昔があったにちがいない。

蝦夷地から陸奥へ戻ったあと、真澄は故郷に帰らず、しばらく下北半島に留まった。日記『おくのうらうら』は寛政五年（一七九三）に書かれている。真澄はすでに四十になっていた。前年の十月末に雪を押して恐山《おそれざん》に登り、翌年の四月にふたたび登攀した。六月になるとすぐにまた山に向かう。このたびは長逗留である。月の二十三日には恐山の地蔵堂で恒例の地蔵会があり、亡《な》き魂《たま》祭がおこなわれる。そこに参会したのである。

前日から仮小屋がもうけられ、当日の昼には大勢の人が集まってきた。修行者の一行が「かなつゞみ」を打ち鳴らしている。卒塔婆塚の前に棚が築かれ、草花が供えられた。おびただしい男女が柾仏《まさぼとけ》という板を六文銭で買い求め、亡き人の戒名を書いてもらってこの棚に置く。水を注ぎながら、みまかった妻や子や孫の名を呼ぶ。名を呼びながら泣き叫ぶ声があふれ、念仏の声が、全山に響きわたりこだました。「あまたのなきたま呼びになき叫ぶ声、ねんぶちの声、山にこたへ、こだまにひゞきぬ」とある。「おやは子の 子はおやのため なきたまを よばふ袂の いかにぬれけん」と真澄は歌を詠む。

ひとりの女が袋から散米《うちまき》を取り出し、水を注いで声をあげた。あたしの子が賽《さい》の河原《かわら》にいるなら、ひとめ逢わせて……。「あが子が、さいの河原にあらば、今一め見せ」と泣きながら、しぼんだ撫子《なでしこ》を棚の上に置いていた。やがて日も暮れ、人々が御堂や仮小屋に押し寄せた。どよめきあう声にまじって山鳥が鳴いている[15]。

翌日、夜の明ける前に集まった者たちが「南無からだせんの延命ぼさち」と唱えている。伽《か》羅《ら》陀《だ》山延命地《せんえんめいじ》蔵菩《ぞうぼ》薩《さつ》の名号である。人々が居ならび、数珠をもんで額にあててひざまづく。頭のかぶりものが落ちるのもかまわず、わが子わが孫の亡き魂を数えあげては涙をぽたぽた落としている。「わが子、むま子のなきたまをかぞへくてなみだおとし」とある。日が昇るころ、本坊の円通寺《えんつうじ》から来た大徳が読経をはじめた。もろもろの地獄をめぐって亡き魂の棚に至ると、みながいっせいに集まった。これだけの行事が終わると人々は徐々に引きあげていった(16)。

恐山で亡き人の魂に会う。親の魂に会いたくて来た者が大多数のはずだが、真澄にとっては関心の外である。わが子を亡くした親の姿、その嘆きの声だけが心にしみる。やはり真澄は子を亡くしたのではないか。そんな思いが迫ってくる。この前後二日は日記中の白眉だと思う。三年におよぶ下北滞在もここに向かって収斂している。

なみだの雨に

名古屋で子をなくした親たちは、時鳥が「血の涙を流して」鳴くとき、子の亡き魂を思った。いったい鳴いて血を吐く時鳥もすでに詩歌の世界だが、血の涙を流すのはまぎれもなく古典につながる。しかもそれは時鳥ではなく、文芸世界におけるうとうの専売ではなかったか。早くは『新撰歌枕名寄』に、「子をおもふ なみたの雨の 血にふれは はかなき物は うとうやすかた」とある。『秘蔵抄』に「ますらをの えむひな鳥を うらぶれて なみだをあかく おとすよな鳥」とあり、注に「よな鳥とは、うとうと云ふ鳥をいふなり」とあった。『草根集』に「我そ今身をうたふ鳥紅の泪の蓑を君きたれとて」とあり、御伽草子『あさかほのつゆ』に「うとうの、とりの、子のゆへに、ちのなみたを、なかすと、きこへしか」とあった。いずれも本書前編でたどったとおりである。

真澄は『そとがはまかぜ』に「ふるき歌」として、「紅のなみだの雨にぬれしとてみのをきてとるうとうやすかた」と「子を思ふなみだの雨の蓑の上にかゝるもつらしやすかたの鳥」を引いている。「血の涙」という言葉に、ただちに真澄はうとうを思い出す。

真澄が謡曲『善知鳥』に親しんでいたかどうかはわからない。曲中に「陸奥の外の浜なる呼子鳥鳴くなる声はうとうやすかた」の歌がある。これは出典が知られていない。真澄はそれを引いている。『そとがはまづたい』には「みちのくのそとがはまべの喚子鳥鳴なる声は善知鳥やすかた」とある。文字が一部相違する。(17)『善知鳥』は親子の哀話だが、子が親を思うのではない。親が子を思うのである。雛鳥を取られた親鳥が血の雨を降らす。亡霊となった猟師が子に触れようとしても触れられない。そんな話だった。

真澄はあまり自分のことを語らないと言われる。しかし望郷の念はことに触れて語っている。それは父母を慕う心とひとつになっていた。(18)のみならず、子を思う親の心に寄り添った記事もいくつかある。

天明四年（一七八四）の日記『くめじのはし』に記事がある。真澄三十一歳の夏である。信濃の友人三溝政員の家に出立の挨拶に行くと、年老いたあるじの母が語った。早く旅を終えて父母のもとに戻りなさい。私でさえ、あなたがひとりでたいへんな旅をするのを案じているほどだ。御両親はさぞ心配なさっているだろう。――涙にむせびながらわが子を思うように言う。こんなにも親は子のことで心乱れ思いわずらうのかと涙を抑えた。「かく人のおやの心の、やみにおもひやまへらんと、なみだをとどめて」とある。(19)

寛政五年（一七九三）の日記『まきのあさつゆ』に記事がある。真澄四十歳の秋である。下北半島の北端で宿を借りた。風が強く、夜中に梶をとるような音が聞こえる。鶴が飛ぶ音だった。「よるのつる なれもわすれず 子を思ふ 親ます国の いとゞ恋しき」と歌を詠み、ひとり涙ぐんだ。ようやく寝ついたものの、故郷に帰る夢で目がさめた。(20) 夜の鶴も子を思う親の待つ国を恋しがるのか。そんな心である。

寛政六年（一七九四）の日記『おくのてぶり』に記事がある。真澄四十一歳の冬である。夢を見た。都に家があって父母がいる。旅から帰った自分に両親が語った。おまえは長旅で疲れたようすもなく、月花の風雅を求めて歩きまわったので、潮風や日光で顔が黒くなった、と笑って迎えてくれた。そこでめざめた。鳥の鳴き声や軒端の雀の声ばかりが聞こえている。

「なれもさぞ したふやすゞめ むらがらす こは父となき こは母となく」と歌を詠んだ。(21) この歌は、あの時の子の言葉「父《トツサ》へ母《カヽサ》へ」と響きあっている。

寛政八年（一七九六）の日記『つがろのおく』に記事がある。真澄四十三歳の冬である。津軽藩士毛内茂粛《もうないしげとし》の家に宿った。茂粛は歌を好み、妻や子とも親しくなっていた。文机から落ちた反古に夫婦の歌が記してあった。末の子が弘前で勉学に励んでいる。それを気遣う歌だった。それほどに案じている親の心を思うにつけ、自分も故郷が恋しくて涙がとまらない。「たらちねのおやの子を、になうおもふをく、さもこそあるべけれとおもふにも、あが父母のいます国のいとゞ恋しう、なみだほろ〱」とある。(22) 望郷の思いを述べながらも、子を思う親の心に感じ入っている。

真澄がうとうのことをずっと心にかけてきたのは、こうした思いがあったからにちがいない。それならばなぜ、途中でその思いを捨ててしまったのか。

白太夫説批判

真澄がうとうの考察を放棄した理由について、明確な発言をした人は内田武志《うちだたけし》しかいない。真澄研究に後半生をささげた人である。発言の前提には、真澄が白太夫《しらたゆう》の末裔だったとする見解がある。遊歴の生涯を送るのは白太夫の家筋に生まれた者の宿命だったという。それは賤民の身分であり、うとうに関する書物を人に示すのをはばかるに至ったのも、おのが出自ゆえの覚悟があったからだと内田は想像する。(23) いったい何を根拠に真澄を白太夫の末裔と断じたのか。そもそも白太夫とはいかなる存在か。

真崎勇助《まさきゆうすけ》採録の『酔月堂漫録《すいげつどうまんろく》』に「菅江氏家方」についての記載がある。これは真澄が佐竹藩御典医の渡邉春庵《わたなべしゅんあん》に贈った処方箋の控えである。「上祖白井太夫より七代の孫白井秀菊翁、産婦に良薬をあたへ」云々とある。白井太夫の子孫が調製した婦人薬で「寿生散《じゅせいさん》」と呼ばれた。(24) ここに言う「白井太夫」を内田は「白太夫」のことと理解する。また、竹村治左衛門《たけむらちざえもん》の覚書『伊頭園茶話《いづえんさわ》』に真澄の談話が収められている。「真澄翁ある時ひそかに咄致候を愚父書留置」として、真澄がみずから「菅公之家臣白太夫之末孫之由」と語ったとある。(25) これは本人が記したものではないが、内田はこれを晩年の真澄が「みずからの何者であるかを表明した言葉」と解した。(26)

『伊頭園茶話』に記された真澄の談話の中で白太夫を「菅公之家臣」としている。菅原道真の伝承と北野天神の縁起を記した『菅家瑞応録《かんけずいおうろく》』に白太夫が登場する。菅公の家臣である度会《わたらい》松木春彦《まつきのはるひこ》は予兆を得て太宰府へ下り、公の薨去を看取った。春彦が没したのち、家臣の仲間の子が菅公の廟の前で白衣の翁に出会った。生前の契りで春彦がつねに廟に侍するのだという。それで白太夫と称されたのである。この書物は『北野天神縁起《きたのてんじんえんぎ》』をはじめとする天神縁起類の末流とされ、吉田神道に対抗して伊勢神道の布教師が作成した講釈説教の種本と目される。(27)講釈本だけあってすこぶる普及し、近松門左衛門の『天神記』や竹田出雲らの合作『菅原伝授手習鑑《すがわらでんじゅてならいかがみ》』に素材を提供した。(28)この浄瑠璃二作品はともに白太夫を重要な登場人物として描いている。

白太夫は謡曲『道明寺《どうみょうじ》』にも登場する。河内の道明寺天満宮の宮守の翁が白太夫神を名のった。「われは天神《テンジン》のおん使《ツカイ》、名をば誰とかしらたいふの、神《シン》と申すおきなぐさ」とある。(29)『伊頭園茶話』に白太夫の名が出ることについて、『菅原伝授手習鑑』や『道明寺』などの知識を竹村治左衛門の父吉幹と真澄が共有していた可能性が指摘されている。(30)当時は白太夫の名は浄瑠璃や謡曲に加えて講談でも知られていた。真澄はこの有名人物の名を家伝薬の宣伝に利用したという推測もなされている。(31)白太夫がどういう存在であるかは真澄自身も書きとめていた。草稿集『かせのおちは』に「伊勢国上山宮祭者祭妙見菩薩事」の項がある。そのなかで『神国決疑編《しんこくけつぎへん》』という書物を引いて、度会春彦は世に伝うところの菅公の聖友で、白太夫神として祀られていると記録した。春彦の名に付された割注に「世伝与菅聖友崇祀白大夫神是也」とある。(32)

白太夫は物語の登場人物である。その家系を名のること自体まったく意味をなさない。ところが内田のこの思い込みは、うとうの考察にもかかわっていた。真澄がこれを執拗に追求してきたことも、最後には放擲するに至った経緯も、彼が白太夫の家筋であったことにつなげて理解される。うとうに限らない。晩年の内田は真澄に関してそれまで不明とされていた諸事をことごとく白太夫という線に沿って解釈していく。白太夫の家筋が賤民に属していると無批判に想定され、社会の底辺に向けられた真澄のまなざしという、これまたひとつの幻想がそこで調和する。うとうの伝承が死穢《しえ》にかかわることは白太夫の家筋の者にとって近しかったとしても、周囲の人々からは忌避された。そこに至ってついに長年にわたる考察をみずから葬り去るほかなかった。——そんな物語がひとりの研究者のなかでつむぎだされたのである。

『伊頭園茶話』が記す「白太夫之末孫」という真澄の言葉は、竹村治左衛門の父吉幹が本人からじかに聞いて書き留めたという。真澄は確かにそう語ったのだろう。もちろん戯《ざ》れ言《ごと》である。『菅原伝授手習鑑』のなかで菅家下屋敷の庭番四郎九郎《しろくろう》が七十の賀に白太夫の名をたまわる場面があった。「伊勢の御師か何ぞの様に白大夫とお付なされた」とある。(33)竹村の誤伝でないならば、真澄もまた伊勢の御師かなんぞの様に白太夫の末孫を「かたった」にちがいない。

白太夫の末孫を名のる者がいるとすれば、それは伊勢神道の布教師か、あるいはその唱導者であろう。芸能者が猿丸を祖とあおぐのと選ぶところがない。その意味においてなら「白太夫之末孫」という名のりも理解できなくはない。真澄は三河国岡崎の里修験の家に生まれたという考証がある。[34]おのれを漂泊の唱導者になぞらえたのはそのためか。もとより実際の出自とは別のことである。

陸奥出羽路の三十年

真澄がうとうの探求の続行を断念した理由は何か。

『玉勝間』の一節「古き名どころを尋ねる事」はすでにあげた。真澄はこれにならい、『くぼたのおちぼ』で人見寧の実地踏査の不備を批判した。これにはつづきがある。人見の次は馬琴である。「大江戸より板《イタ》にゑりて出たる、瀧沢氏の玄同放言」を組上に乗せた。[35]『玄同放言《げんどうほうげん》』は文政元年（一八一八）に刊行されている。

真澄の馬琴批判の論点は四つある。一は胡沙《こさ》の語義、二は浮島《うきしま》の位置、三は山牡丹《やまぼたん》のいわれ、四はうとうの語源である。これらは『くぼたのおちぼ』と『ふでのまにまに』と『しののはぐさ』でくりかえし言及された。ここでは胡沙の解釈を一例として取りあげたい。

藤原為家《ためいえ》の作とされる歌がある。『夫木抄《ふぼく》』に収める「こささふかば くもりもぞする みちの

くの えぞには見せじ 秋の夜のつき」である。ここに歌われた「こさ」をめぐって論争がおこなわれた。『玄同放言』はまず従来の一般的な解釈を提示する。こさは蝦夷の息だという。息は海上で霧となって空を覆う。それだから「えぞには見せじ」なのである。この解釈に対し橘南谿《たちばななんけい》は『東遊記《とうゆうき》』の中で胡沙説を主張する。胡地の塵が蝦夷地にまで吹くという。馬琴は南谿の説を評価するが、文献的根拠が示されていないことを不備とする。そのうえで、唐の詩人王維の作品に「胡沙」の名で出ていることを明らかにした。

問題の詩「送劉司直赴安西」は『唐詩選』に掲載されている。江戸時代に普及した。僻書ではない。そこでは「胡沙」が「塞塵」と並べてある。塞外に吹き荒れる砂塵のことである。馬琴いわく、胡沙は蝦夷地の方言ではない。土地の人に尋ねて要領を得なくとも、現地を歩いたなら胡沙そのものは経験したはずである。もとより遠路探訪の成果は認められるが、書物を博捜することを怠れば、故事来歴があっても見逃してしまうという。「遥けき旅宿の甲斐はあれども、書《フミ》見る事のこゝにおよばで、故事ありとしもいはざりけり」とある。(36) これは書斎の文人たる者の矜持である。この批判はあくまでも『東遊記』の著者に向けたものだった。

真澄も随筆『ふでのまにまに』の中で南谿を批判した。返す刀で馬琴を攻撃する。『玄同放言』の著者は博覧の人だけあって諸書を博引旁証し、唐詩を示して「人にさとして」胡沙について詳細に語っているが、自分も言いたいことを言わずにおくのはしのびない。筆にまかせてここに記すのだという。(37) 真澄はまず『吉野拾遺物語』という文献を示した。馬琴が「書見る事のこゝにおよばで」云々と語るのを逆手に取って、馬琴のあげていない書物を持ち出す。それから蝦夷地での見聞を延々と連ねていく。コタンのアイヌに教えられたことなど、真澄でなければ書くことのできない貴重な証言がそこに示されていることはまちがいない。

『玄同放言』はつづいて出羽国の浮島に関する考証を展開する。そこは島遊びの名勝とされてきた。真澄は馬琴のあげた地名はどれひとつとして現地に存在しないと非難する。自分は陸奥国と出羽国を歩きつづけて三十年以上になる。名勝があると聞けば見て歩き、わけても出羽路の秋田六郡はつぶさにへめぐった。「おのれ、みちのくいではのくぬちめぐりて三十《ミソ》とせあまりもありて、あやしう珍らしと聞ヶば分見めぐり、凡はいではの秋田六郡もつばらかに分見たり」という。(38)

真澄のように現地で活動した人にとって、「行って見た」ということは絶大な自信となる。もちろん彼は文献にもとづく地名考証も欠かさない。しかし歌枕の地も名どころも、いったん現地を訪れると、そこにちがいないとただちに特定してしまう。(39) そうなるともはや変更不能である。現地を踏んでいない者に対しては、絶対の優位を誇ってしまう。それが現場主義の救いがたい盲点ともなるのだ（ここで現場主義それ自体を揶揄するつもりはまったくない。筆者は若いときヨーロッパの大学で学び、現場主義をつらぬいてきた。自省をこめて言いたいのである）。

真澄がどれほど言葉を尽くして反論を加えても、真澄の名はそもそも馬琴の知るところではない。その主張を馬琴も、また南谿も目にすることはなかろう。うとうの語源説を幾度くりかえそうと、それは同じだった。

わが心なぐさめかねつ

真澄がうとうに執着した契機は、真澄の書いたものからある程度は探ることができた。ひとつは歌枕に対する憧憬である。歌枕の地をみずから歩いて、古歌を踏まえつつ、その土地と感応することをめざした。もうひとつは子を思う親の気持ちではなかったか。それは問わず語りにときおりもらす思いであった。

うとうへの執着を放擲したのはなぜか。放擲とは言っても、それに言及することは晩年にもまれにはあった。だが、かつてのような情熱はどこに求めようもない。急速に熱がさめてしまったかのようである。その理由を明らかにできる資料は今なお見つからない。それでもあえて推してみるならば、自分の声がどこにも届かないことへの慚愧があったのではないか。

真澄の著述は日記から地誌へ移行した。しかし日記を書くことと地誌を編むことは断絶していない。歌枕への憧憬をずっと持ちつづけたことは、地誌の通念をはみだすその書きぶりに現れている。(40)『雪の出羽路平鹿郡』では善知鳥蓋の村にこと寄せて、うとうについて語りはじめた。あげくに「こは此処《ココ》によしなき長事《モノガタリ》ながら、いまだえ知らぬ人のために、しかなめげながら語る也」と引き取る始末だった。(41)外の浜も海鳥もすでに尽力すべき考察の対象ではない。出羽国移住後の真澄にとって、津軽路でのあの奮闘ぶりは過去のことだった。(42)もはや追尋すべき事柄でなくなったのである。

真澄がひとたび三河に帰郷したか否かは明らかではない。それでも「なくさめかねつ」としたかつての心は、それは決して癒えることがなかろうとも、晩年におよんでようやく沈静に向かったのか。親子鳥の哀話に動かされた追憶も、ついに故郷とのつながりを断つに至った人にとっては、秘したまま墓場まで持っていくしかないことどもに属したのかもしれない。老いがせまれば遠い過去の影像ほどまぶたをよぎる。また一方で、ひとつひとつ整理をつけるべきことも明らかになっていく。それも自然の流れのように思う。

本州最北の地に伝わるうとうの哀話の足跡をたどることを本書はめざした。はじめに謡曲に語られた親子鳥の物語をふりかえり、上演記録をもとに作品のおおよその成立年代を押さえたうえで、作者に関する議論をかえりみた。その過程で本書の前編において考究すべき論点がいくつか明らかとなった。このことを第一章で述べた。

まず問われるべきは、謡曲に先んじた和歌説話の存在である。謡曲の基盤となった物語から説き起こし、文芸作品の形成に至る伝承の系譜を訪ねた。謡曲の素材として取り入れられたもののの多くは中世の古今注であり。それは『古今集』そのものから離れた文芸世界のことだった。このことを第二章で明らかにした。

つづいて中世における救いのありかを仏教文献のなかに探った。そこでは地獄に堕ちた者の救いの可能性、むしろ救いのなさも問われねばならない。そこで第三章では、中世において賤民視された狩猟者の救済のありようを鎌倉新仏教の宗祖らの言説に求めた。

類似の主題をあつかった謡曲作品とのつながりや先後関係も重要な課題である。ここでは、作品の構想と詞章のいずれにおいても『善知鳥』が観阿弥の『求塚』に多くを負ったことを明らかにした。同様に、謡曲の背景にある仏教的な語彙も、仏教経典それ自体ではなく『往生要集』のような抄物にもとづいている。さらに言えば、読まれた抄物よりも歌われた講式の方が直接の素材になり得たのである。このことを第四章で考究した。

謡曲の背景にある伝承にまでさかのぼって、その重層的な成り立ちを理解するには、文学史・芸能史からの考察だけでなく、宗教史・民俗史にまたがる領域からのアプローチも必要となろう。これはもちろん理想であって、遠大な目標でしかないが、そこに一歩でも近づきたいと考えた。そうした意識のもと、物語の背後にひそむ民間信仰と仏教の融合した実態を積極的に評価していく視座に立って、うとう伝承の根源に関する探求と文芸作品の生成過程の解明を本書前編において試みたのである。

本書後編では、はじめに近世の学芸において説話が継承され、徐々にその受容のありようが変質していく様相を編年的にたどった。本来は文芸世界の伝承であったものが、説話の普及と並行して、鳥そのものへの関心が昂じていく。北方の地でうとうが捕獲され、その姿かたちや生態が知られるようになる。かたや、うとうの名に関する語源探求がさまざまに試みられた。このことを第五章で概観した。

博物学的な関心が高まりを見せた時代の潮流に背を向けるかのように、文芸世界への沈潜を深めた文人がいた。菅江真澄は日本民俗学の先駆者として、今や柳田國男をしのぐほどその研究は盛況だが、うとうについて彼が追求し続けた事実はこれまであまり問題視されていない。

残された多くの著述に即し、その足取りを第六章で追った。

真澄の半生におよぶ旅の動機を探っていくと、うとう伝承とのかかわりが深刻な契機として浮上する。それは真澄の厖大な著述のなかに、断片的ではあるが切実な思いとして刻まれていた。第七章では、うとうの伝承を追いつづけ、ついに放擲するしかなかったひとりの文人の足跡をたどることで、北のはずれの海鳥の物語が人々を魅了し続けてきた悲哀の根源に迫ることをめざした。真澄その人の生涯もまた、この小さな哀話の系譜につらなっていたにちがいない。埋もれがちないくつかの文からにじみ出るその思いを本書の最後で汲もうと試みたのである。

注

第一章注

（1）小山弘志・佐藤健一郎校注『謡曲集』2、新編日本古典文学全集、小学館、一九八九年、二〇八〜二一八頁。本書補遺の謡曲『善知鳥』の本文も同書による。以下も参照。伊藤正義校注『謡曲集』上、新潮日本古典集成、一九八三年、一四七〜一五五頁。

現代語訳をおこなうにあたり、新編日本古典文学全集所載の訳文のほか、佐成謙太郎『謡曲大観』第一巻（明治書院、一九三〇年、三八三〜三九三頁）所載の訳文、竹本幹夫『対訳でたのしむ 善知鳥』（檜書店、二〇一二年）所載の訳文を参照した。いずれも仏教の語彙をそのまま用いているところがある。ここでは訳出を試みた。

（2）伊藤正義校注『謡曲集』上、前掲書、一四九頁「ワキ「これは諸国一見の僧にて候ふが、この所にて去年《コゾ》の春の頃身まかられたる猟師の屋《ヤ》はいづくにて候ふぞ。教へて給はり候へ。またこの外の浜においてうとうやすかたの鳥の子細おん物語り候へ」アイ「さん候《ゾオロオ》 去年の春身まかりし猟師ならば、あの高《タカ》もがりの屋の内にて候」

（3）五来重『葬と供養（上）』五来重著作集第十一巻、法藏館、二〇〇九年、九五頁。

謡曲本文の「高もがりの屋」について、伊藤正義は「高く結った竹矢来の小屋」と注している（『謡曲集』上、前掲書、一四九頁、注一二）。竹矢来で家を囲むのは死者の霊魂を封鎖するためにほかならない。以下を参照されたい。拙著『葬儀と日本人――位牌の比較宗教史』ちくま新書、二〇一一年、六〇頁。

（4）『親元日記』竹内理三編『続史料大成』第一〇巻、臨川書店、一九六七年、二一五頁「[寛正六年

二月条」廿三日　辛丑　天晴　自貴殿以太田七郎太郎方来廿七日仙洞御能目録有御存知度之由観世ニ可申云々　則罷向申之本十番用意七番分以大夫自筆注申之翌日披露申云々　うのは　やしま　夕かほたんふう音　きぬた　かきつはた　はうか音　しねんこし音　あたちかはら　せい願寺　おもに音　以上十番　用意分　あしかりうとふ　よりまさ　名取老女音　ゐくち　野々みや音　かつらき　みやうゐ上人養老　七番雖如此当日十五番能共俄相違候朱点一分ハ不被改之」

(5)　同書、二一九頁「廿七日　乙巳　雨降　終日御院参御延引也依雨也　廿八日　丙午　曇　天晴御院参御供一番　能観世　已前目録十番内しねん居士なし仍あたちかはら有　其外　うとふ　かつらき　名取老女　野々宮　養老　以上十五番」

(6)　佐成謙太郎『謡曲大観』第一巻、前掲書、三八一頁。

(7)　『粟田口猿楽記』新校群書類従第十五巻、名著普及会、一九二九年、八一六頁「後柏原永正第二仲呂中澣　於粟田口勧進猿楽之記　大夫今春　生年五十二歳　初日十三日　嵐山　清経　熊野　美人草うとふ　杜若　野守　塩汲」

(8)　『禅鳳雑談』表章・伊藤正義校注『金春古伝書集成』わんや書店、一九六九年、四三七頁「永正十一年正月に八幡に法楽　相生　八嶋　野ノ宮空八形　トウル　かしはざき　鵼　是にて雨ふり候　以上七番也　近年の出き能」

(9)　林屋辰三郎校注『古代中世芸術論』日本思想大系、岩波書店、一九七三年、四八三頁。

(10)　『大塔物語』信濃史料編纂会編『信濃史料叢書（下）』歴史図書社、一九六九年、六〇八頁「母頻リニ悋《オシミ》名残、兄二人之事者、既ニ成長ナレバ不及兎《ト》角《カウ》申ニ、八郎ガ事者、未成人、出テ再不ハ帰戦場之慣也、（中略）八郎モ流草ニ晞《サスガ》ト哉《アハレヤ》思ヒ剣、押揮落ル涙ヲ、数《シバ〱》物モ不言、而然レハ有ル本歌ニ云、陸奥のそとの浜なるうつほ鳥子はやすかたのねをのみそな

く　と読り、現爾々々《ゲニ〳〵》無墓《ハカナキ》至ルマデ于鳥翅、親子恩愛ノ悲ミ者切ナル習ヒゾカシ、矧ンヤ於人倫哉、理至極之歎也」

(11) 村田隆太郎「「善知鳥」再考――「うつほどり」から「うとう」へ」『学芸国語国文学』五〇号、二〇一八年、二四五〜二四七頁。

(12) 『温故知新書』尊経閣善本影印集成、八木書店、二〇〇〇年、三五頁「鳸《ウツホトリ》」

(13) 『伊京集』中田祝夫『改訂新版 古本節用集六種研究並びに総合索引 影印編』勉誠社、一九七九年、三三三頁「鳸《ウツチトリ》」

(14) 慶長八年（一六〇三）刊行の『日葡辞書』には、«Vtô. hum certo passaro»「ウトゥ、ある鳥」とある。*Vocabulario da lingoa de Iapam com a declaração em Portugues*, Companhia de Iesus, Nangasaqui, 1603, fol.391vo;『キリシタン版 日葡辞書』勉誠出版、二〇一三年、七九四頁。

(15) 『天正十七年本 運歩色葉集』京都大学国語国文資料叢書、臨川書店、一九七七年、二二七〜二二八頁「善知鳥《ウトウ》悪知鳥《ヤスカタ》観世方書之（中略）虚八姿金春方書之昔自異国虚舟蔵八人而流其迷魂化而成鳥也依此如此書也　有藤《ウトウ》安方《ヤスカタ》或説［欄外書込］ミチノクノソトノハマナル有藤鳥リ子ハヤス方トネチノミゾナク」

(16) 同書「解説」三一八頁。

(17) 『草根集』三「恋下」白井たつ子翻刻、ノートルダム清心女子大学古典叢書、一九六八年、一〇四頁、一三七頁「寄鳥恋［七六八五番］隔ゆく憂身をそとの浜風にくたく泪ややすかたの鳥」「寄簑恋［八一四〇番］我そ今身をうたふ鳥紅の泪の簑を君きたれとて」

(18) 『連珠合璧集』十六「鳥類」木藤才蔵・重松裕巳校注『連歌論集』一、三弥井書店、一九七二年、一一二頁「うとふやすかたトアラバ、そとの浜　みのかさ　涙の雨」

(19) 『廻国雑記』高橋良雄『中世日記紀行文学全評釈集成』第七巻、勉誠出版、二〇〇四年、五八〜

五九頁「河越といへる所に到り、（中略）これより武士の館へ罷りける道に、うとふ坂といへる所にてよめる　うとふ坂こえて苦しき行末をやすかたとなく鳥の音もかな」

(20)『藻塩草』巻十「鳥類」大阪俳文学研究会編『藻塩草本文篇』和泉書院、一九七九年、一四九頁「やすかた　子をおもふ涙の雨の笠の上にかゝるもわひしやすかたの鳥太神宮へ勅使下てうとふやすかたと云鳥を取て三角柏と云樋に備て神供にたてまつると也此鳥取物ハ蓑笠をきてとる也其故ハすな乃中に子をうミてかくしたるを母鳥のうとふかまねをしてうとふ〳〵とよへはやすかたといひてはい出るを取と也其時母空にかなたこなたへつきありきて鳴涙雨のことくにちにてふる間その涙かゝりて身のそんする故にみのかさをきる也と云々」

(21)『鴉鷺物語』第九「両方軍手分、九月六日合戦、鵄追善、雀懸梓事」市古貞次他校注『室町物語集』上、新日本古典文学大系五四、岩波書店、一九八九年、一五八頁「金玉の財宝も後世を助くる事なければ、子に過ぎたる宝さらになし。子をおもふ涙の雨の蓑のうへにうとふと鳴くはやすかたの鳥こそあらめ、我も又、紅の袖の露、草の陰成身となれば、我が姿をこそあらはさねども、いつも供魔主の足手影をば見る物を。窓の梅が枝の朝、軒の村竹の夕、来ては鳴々すれ共、生死の雲にへだてられ、音をだに聞かせぬ身こそ悲しけれ」

(22)『あさかほのつゆ』横山重・松本隆信編『室町時代物語大成』第一、角川書店、一九七三年、四〇八頁「きみにはいつか、あふしうまて、はる〳〵きぬる、たひころも、やつれはてたる、わかすかた、いつくのつちか、われをまつしま、おしまのとまや、ひらいつみ、つかるをすきて、そとのはま。まことや、このところは、うとうの、とりの、子のゆへに、ちのなみたを、なかすと、きこへしか、われはまた、つまゆへそと、みきくにもろき、御なみたに、そてのかわける、ひまもなし」
(23)『八帖花伝書』巻五『古代中世芸術論』前掲書、五八七頁、五九一頁「通小町 藤戸 阿漕 善知鳥 錦木、何《いづ》れも霊の痩《やせ》男なり」「善知鳥の前《まへ》、小尉《ぜう》。後、痩男也」。同書、巻六、六一九頁「善知鳥、大夫、脇へ水衣の袖を解きて渡す仕舞《しまひ》あり。是、習《ならひ》有。大事なり。袖を脇へ渡す時の渡しやう、習あり。おぼつか［な］さうに歩み寄り、遠《とを》よそに差し出《いだ》し、ちやくと渡す」。同書、巻七、六五〇頁「善知鳥の囃子《はやし》の事。後の一声、いかにも浮々《うきうき》と、早くなく、乗らず打つべし。心持、口伝。破の留《とめ》なり。哀傷の囃子也。陰の位なり。曲舞の出は心あり。翔《かけり》の打上《うちあげ》、大事なり。大夫によく心を付けべし」
(24)『自家伝抄』西尾實・田中允・金井清光・池田広司編『謡曲 狂言』増補国語国文学研究史大成8、三省堂、一九七七年、一四五頁「［世阿弥百七拾九番 上品上之能数］洞八人形空」
(25)同書、一四九頁「［世阿弥百余番之内今春家能相定上品云」空八形［傍注］ウトウ」
(26)西尾實他編『謡曲 狂言』前掲書、三〇九頁。
(27)『能本作者註文』西尾實他編『謡曲 狂言』一一八頁「［観世之作ノ分 世阿弥ヵ作］善知鳥」
(28)『いろは作者註文』西尾實他編『謡曲 狂言』一二五頁「うとう世阿」
(29)『歌謡作者考』西尾實他編『謡曲 狂言』一三七頁「鳥頭世阿弥」
(30)小西甚一「阿漕の作者」『能』七巻一二号、一九五三年、三頁。能勢朝次は川上神主を長谷の與喜天満神社の神主であった十二六郎茂久に同定した（『能楽源流考』岩波書店、一九三八年、八七四頁）。與喜天満は長谷寺の鎮守である川上瀧蔵権現の本社である。茂久は文明末年から明応にかけて活動したので、世阿弥より後になる。しかし『能本作者註文』は川上神主を「和州十二大夫先祖」と注記する。小西は、十二大夫座の祖であるならばより古い時代の人物に同定すべきであるとした。

(31) 小西甚一・草深清「善知鳥（謡曲狂言鑑賞・三）」『国文学 言語と文芸』四巻二号、一九六二年、五八頁。

(32) 小田幸子「作品研究「善知鳥」」『観世』四〇巻一一号、一九七三年、五頁、九頁。

(33) 家原彰子「《善知鳥》小考――地獄描写の表現をめぐって」『同志社国文学』八五号、二〇一六年、三四頁。

(34) 三宅晶子『歌舞能の確立と展開』ぺりかん社、二〇〇一年、四一六頁。

第二章注

(1) 『山姥』小山弘志・佐藤健一郎『謡曲集』2、前掲書、五七八頁。

(2) 古今注と謡曲とのかかわりについては以下の研究に学んだ。熊澤れい子「古今集と謡曲――中世古今集との関連において」京都大学文学部国語学国文学研究室『国語国文』三九巻一〇号、一九七〇年。片桐洋一『中世古今集注釈書解題（一）』赤尾照文堂、一九七一年。伊藤正義「謡曲の和歌的基盤」『観世』四〇巻八号、一九七三年。再録『謡と能の世界』上、伊藤正義中世文華論集第一巻、和泉書院、二〇一二年。

(3) 『弘安十年古今集歌注』片桐洋一『中世古今集注釈書解題（二）』赤尾照文堂、一九七三年、三三～三五四頁「但馬守ニ成テ下リケル時、中山ト云所ニトマリケルニ、ヨブコ鳥ノナクヲキ、テヨメル歌　ヲチコチノタヅキモシラヌ山中ニヲボツカナクモヨブコ鳥カナ　猿丸大夫　ヲチコチトハ、遠近ト書ケリ。万葉ノ歌ニ、海原野《ウナバラノ》波野《ナミノ》遠近《ヲチコチ》空々《アナナナ》目《メ》爾《ニ》行方《ユクカタ》迷留《タドル》末波《スヱハ》知賀毛《シルカモ》　此歌ハ吉備大臣入唐ノ時、道ニテ読ム也。タヅキトハ、便ノ字也。後漢書云、漢皇城閉テ軍兵難通。孝曹雖行其道《カウナリト》無便《タヅキ》云々。ヨブコ鳥トハ、或ハ猿ヲ云也。誠ニハ、ハコ鳥トテ三月ナンドニ山ニアル鳥也。ハコ〳〵ト鳴ナリ。喚子鳥ト書ケリ。伯撰ニ委明之。昔、高麗ニ永蘭山ト云山ヲ女ノ子ヲイダキテトホリケルガ、白地《アカラサマ》ニサシスヘタリケルヲ、鷲ニ取レテ、ワガコ、ワガコト鳴アリキケルガ、ナキ死ニケリ。此レ鳥ト成レリ。生レカヘリテ鳥ト成テモ猶、ワガコ、ワガコト鳴也。仍、喚子鳥ト名ル也」

（4）片桐洋一『中世古今集注釈書解題（二）』赤尾照文堂、一九七三年、四三〇頁。

（5）『毘沙門堂本古今集注』国文学研究資料館編「毘沙門堂本古今集注翻刻」『中世古今和歌集注釈の世界』勉誠出版、二〇一八年、四五六頁「喚子鳥　ヲチコチノタツキモラシ〔マヽ〕ヌ山中ニオホツカナクモ喚子鳥哉　注、ヲチコチトハ、遠近也。（中略）ヨフコトリニ、サマ〳〵ノ義アリ。賀茂重保ハ猿ヲ云トイヘリ。此義不得心。俊忠ハ鶯ヲ云リ。サセル本説ハナケレトモ、キトコ〳〵ト鳴ハ子ヲヨフニ似レハ、ヨフコ鳥ト云ナリ」

（6）片桐洋一『中世古今集注釈書解題（二）』前掲書、三二頁。

（7）『毘沙門堂本古今集注』前掲書、四五六頁「或人云、三月ハカリニ、ハコトリト云物ノ、ハコ〳〵トナクヲ云トイヘリ。此ハ万葉注ニアリ。高麗国ニ、永蘭山ト云野ニ下女ノ子ヲイタキテトホリケルヲ、鷲ニ取レテ、ハヤコ〳〵トヨヒ死ニ、死タリケルカ鳥ト成テ今モハヤコ〳〵トヨフヲ、ハコトリト云トイヘリ。八子鳥也。是ヲ喚子鳥トイヘリ。国信朝臣ハ雀ヲ云トモイヘリ。皆サセル本説ナシ。暫本説ニ付ハ、ハコトリヲ云ヘキ歟」

（8）『古今秘註抄』吉澤義則『未刊国文古註釈大系』第四冊、帝国教育会出版部、一九三五年、二六四頁「をちこちのたつきもしらぬやまなかにおほつかなくもよふことりかな　をちこちとは遠近とかけり遐辺ともかけり世俗にあちこちなと申ことはもおなし事なりたつきとは便とかけりたよりなりあなたこなたのたよりもしらぬやまなかとよめりよふことりは喚子鳥とかけり（中略）あるいはもすと申すとりはなき〳〵てのちにはもろこ〳〵となくをよふこといひあるいは八子鳥とてこをあまたそたつとりの侍るそれなりと申あるいはしとゝと申鳥のいみやうなりしとゝはわさと人ちかきみちのほとりにこをうみてそたてゝそのこをよふに人にしられぬ事をよろこふと也」

(9) 吉澤義則『未刊国文古註釈大系』第四冊、前掲書、二四八頁。

(10) 神作光一「歌枕名寄」『日本古典文学大辞典』第一巻、岩波書店、一九八五年、二九四頁。

(11) 『新撰歌枕名寄』巻四「陸奥国」黒田彰子編『新撰歌枕名寄（下）』古典文庫、一九八九年、一一九〜一二〇頁「率都浜　陸奥のおくゆかしくそをもほゆるつほの石文そとの浜かせ　兼行　右、此そとの浜といふ所に、うとふやすかたと云鳥の侍るか、此はまのすなこの中にかくして子をうみ置るを、母のうとうかまねをして、うとふ〳〵とよへは、やすかたとてはい出るをとるそと申。其時母鳥来りて、あなたこなたへ付ありき鳴なり。そのなみたの血のこき紅なるか、雨のことくふるなり。ある哥に云、子をおもふなみたの雨の血にふれははかなき物はうとうやすかた　とよめり。とる人此血をかゝりつれはそんし侍る故に、血をかゝらしとて、みのかさをきるなりと云へり。哥ニ、子をおもふなみたの雨の蓑のうへにかゝるもかなしやすかたの鳥、と読り」

(12) 『謡曲拾葉抄』國學院大学出版部、一九〇九年、七一三頁「陸奥のそとの浜なるよふこ鳥なく成声はうとふやすかた　定家卿の歌也夫木集に入歌の心は子に餌をあたへんとて親鳥の子をよぶといふにつきて喚子鳥といひかけたりよぶこ鳥は古今集の伝受三鳥の内也云々」

(13) この場合に限らず、『謡曲拾葉抄』の著者が何にもとづいて該当の書名をあげたのか知りたいところである。同書における資料操作の実態については以下を参照。伊藤正義「『謡曲拾葉抄』について――著者とその方法」『謡と能の世界（下）』中世文華論集第二巻、和泉書院、二〇一三年、二七一頁。

(14) ここでは「紅の泪」につづいて、小指を噛み切ってその血で歌を記したという、これまた歌とまるで無関係な「日本記」の物語が紹介されている。初雁文庫本『弘安十年古今集歌注』片桐洋一『中世古今集注釈書解題（二）』前掲書、三六三頁「思ヒイヅルトキハノ山ノ郭公カラ紅ノフリ出テゾナク　読人シラズ　野山ニ、二ノ心有リ。毛無山ヲバ野山ト云。今ハ一面ニアリ。野山ノ郭公トハ、普キ郭公ノ義也。家隆ニハ常葉山ト云。唐紅ニフリ出デ、鳴トハ、紅ノ泪ノ流ル、ヲ云。本文如上。日本記云、右衛門督源正隆、好キ妻ヲ持ツ。本院左大臣時平卿押取テ妻トシ玉フ。其後五六年過テ、正隆大納言ニ成テ、悦申ニ、昭宣公ノ許ニ参リタリケルニ、四五才ナル若君ノ、取レタル妻ニ似タルガ御座ケル。恠ミテ人ニ問ケレバ、是ハ昭宣公ノ御孫、本院ノ大臣ノ若君也ト云。サテハ、我ガ妻女ナリシ人ノ子也ト思テ、小指ヲクヒ切テ、其ノ血ニテ、若君ノカヒナニ此歌ヲ書付ル也。女房、是ヲ見テ、深ク歎キテ、忍ビテ逢ト云ヘリ」

(15) 『秘蔵抄』下「鳥部」新編国歌大観第五巻、角川書店、一九八七年、八六八～八六九頁「業平　ますらをのえむひな鳥をうらぶれてなみだをあかくおとすよな鳥　ますらをとは下衆男を云ふなり、よな鳥とは、うとうと云ふ鳥をいふなり、えむひな鳥とは、その鳥の子を云ふなり、此うとうといふ鳥は、海の澳の洲なんどに穴をほりて子をうむなり、その子を人の取りに行けば、わびうらぶれてなくなみだなり、うらぶれては、うらむるなり、されば、よに子をおもふとりなり（中略）引歌　みちのくのそとのはまなる老鶴紅こぼす露の紅葉ば　これもなみだの紅とよめり、奥州のそとのはまに、おほくあるとりなり　このとりのなみだのあたらじとて、みのかさをきてほるといへり　同　そらにしてうとううとうとわびぬればこはやすかたのねをのみぞなく　おや鳥は、そらにてうとううとうとなけば、こは、すなのなかにてやすかたと云ふなり、このこゑをきいて、人ほりてとるなり」

(16)『秘蔵抄』続群書類従一六輯下、一九一一年、六六三頁「永享十年五月廿二日書之。如本。寛保元辛酉三月下六日書写畢。速水房常」

(17) 伊藤正義『謡曲集』上、前掲書、一五五頁、注一四。

(18) ここでも「漢書云」という出所不明の記述が加わっている。『古今和歌集序聞書三流抄』片桐洋一『中世古今集注釈書解題（二）』前掲書、二五八頁「鵲ノ橋トハ、乗タル鵲鳥ノ羽ヲ並べテ彦星ヲ乗セテ渡シテアハス。河ヲ渡ス義ヲ以テ鵲ノ橋ト云。真ニ渡ル橋ニハ非ズ。又問、何ゾ烏鵲渡セル橋ヲ一方ニ付テ、鵲ノ橋ト云歟。答云、遊仙崛ヲ見ルニ、烏鵲ノヤメモ鳥トヨメリ。サレバ、二ツヲ書テ一ツニ読メリ。爰ヲ以テ思フニ、二ツノ鳥ナレドモ、引合セテ鵲ノ橋ト云。其謂ナキニ非ズ。又問、七月七日ニハ不可有未紅葉。何ゾ此時紅葉橋ト云ヤ。答云、真ノ紅葉ノ橋ニハ非ズ。二星ノ別ノ泪、紅ニ流レテ鵲ノ羽ニソム。紅ノ羽ノ義ヲ以テ紅葉ノ橋ト云。漢書云、烏鵲ノ橋ノ頭ニ敷紅葉ヲ、二星ノ屋形ノ前ニ風涼ナリ。此文モ葉羽ノ字異レドモ、紅羽ト云ニ付テ紅葉トヨメリ」

(19)『正徹物語』巻下、久松潜一・西尾實『歌論集 能楽論集』日本古典文学大系、岩波書店、一九六一年、二三一頁「かさ鷺の橋は、烏鵲が川向ひにゐて、両から羽をひろげて七夕を渡す也。紅葉の橋といふも鵲の橋也。紅葉の木にては無き也。七夕の別れを悲しびて泣く涙がかゝりて、鵲の羽赤くなる、紅葉に似たれば紅葉の橋といふ也」

(20) 久松潜一・西尾實『歌論集 能楽論集』前掲書、一六五頁。

(21) 伊藤正義『謡曲集』上、前掲書、四〇九頁。

(22) 篠田浩一郎「善知鳥・烏頭・有多字」『中世へ

の旅――歴史の深層をたずねて』朝日新聞社、一九七八年、一八二頁。齊藤泰助『善知鳥物語考』桂書房、一九九四年、二五二頁。
(23) 里井陸郎『謡曲百選――その詩とドラマ(上)』笠間書院、一九七九年、八三頁。
立山信仰に加え、仏教説話の一類型である「片袖幽霊譚」の摂取についても指摘がある。亡霊があたえた片袖が形見の衣に合致するという奇譚で、永正十二年(一五一五)成立の『清涼寺縁起』や貞享四年(一六八七)刊行の『奇異雑談集』等に見えている。以下を参照。徳江元正「『善知鳥』論(上)」『國學院雑誌』七四巻一二号、一九七三年、一四頁。

第三章注
(1)『梁塵秘抄』巻二「雑法文歌」川口久雄・志田延義『和漢朗詠集　梁塵秘抄』日本古典文学大系、岩波書店、一九六五年、三八六頁、二四〇番。
(2)『風姿花伝』「花伝第六　花修云」田中裕校注『世阿弥芸術論集』新潮日本古典集成、一九七六年、六九〜七〇頁「ことさら脇の申楽、本説正しくて、開口より、そのいはれと、やがて人の知るごとくならんずる来歴を書くべし。(中略)仮令、名所旧跡の題目ならば、その所によりたらんずる詩歌の言葉の、耳近からんを、能の詰めどころに寄すべし。(中略)しかればよき能と申すは、本説正しく、珍しき風体にて、詰めどころありて、かかり幽玄ならんを第一とすべし」
(3)『梁塵秘抄』巻二「雑」『和漢朗詠集　梁塵秘抄』前掲書、四〇七頁、三五五番。
(4)『世子六十以後申楽談儀』『世阿弥芸術論集』前掲書、一八四、二二七頁「鵜飼のはじめの音曲は、ことに観阿の音曲を写す。唇にて軽々と言ふこと、かのかかりなり。この能、はじめより終はりまで、皆闌けたる音曲なり」「また鵜飼・柏崎などは、榎並の左衛門五郎作なり。さりながらいづれも、わろきところをば除き、よきことを入れられければ、皆世子の作なるべし」

（5）『糺河原勧進猿楽記』藝能史研究会編『田楽・猿楽』日本庶民文化史料集成第二巻、三一書房、一九七四年、一四六頁「四月五日戊子。天晴。多田須河原勧進申楽。観世太夫又三郎卅六歳、音阿弥六十七歳。勧進聖法印善盛九十八歳、号春松院。一、公方様御車。御同車、日野殿。御下簾懸。（中略）御成アリテ則能始。以観世四郎勢州貴殿江伺申。猿楽衆悉マキノ上下ヲ着也。初日　相生狂言、［三］ノ丸長者。八嶋サルヒキ。三井寺カクレミノ、兎。かんたむ音。ハチタ、キ。源氏供養懐中、兎。丹後物狂八幡ノ前、兎。鵜飼音。已上七番」

（6）『鵜飼』伊藤正義『謡曲集』上、前掲書、一一六〜一一七頁「シテ「鵜舟《ウブネ》にともす篝り火《カガビ》の　後《ノチ》の闇路《ヤミジ》をいかにせん　げにや世の中を憂《ウ》しと思はば　捨《ス》つべきに　その心さらになつがはに　鵜使《ツコ》ふことの面白《オモシロ》さに　殺生《セツショオ》をするはかなさよ　伝へ聞く遊子《イウシ》伯陽《ハクヨオ》は　月に誓つて契りをなし　夫婦《フウフ》二つの星となる　今の雲の上人《ウエビト》も　月なき夜半《ヨワ》をこそ悲しみ給ふに　われはそれに引き替へ　月の夜頃《ヨゴロ》を厭《イト》ひ　闇になる夜《ヨ》を喜べば　鵜舟にともす篝り火の　消えて闇こそ悲しけれ　つたなかりける身の業《ワザ》と　つたなかりけり身の業と　今は先非《センピ》を悔《ク》ゆれども　かひもなみまにうぶね漕ぐ　これほどをしめど　叶《カナ》はぬ命継《ツ》がんとて　営《イトナ》む業《ワザ》の物憂《モノウ》さよ　営む業の物憂さよ」

（7）『阿漕』伊藤正義『謡曲集』上、前掲書、二八頁「シテ「波《ナミ》ならで　乾《ホ》す隙《ヒマ》のなき海士衣《アマゴロモ》　身《ミ》の秋いつと限らまし　それ世を渡る慣《ナ》らひ　われ一人《イチニン》に限らねども　せめては職《ショク》を営《イトナ》む田夫《デンプ》ともならずかくあさましき殺生《セツショオ》の家に生《ン》まれ　明《ア》け暮れ物の命《イノチ》を殺すことの悲しさよ　つたなかりける殺生かなとは思へども　憂き世の業にて候ふほどに　今日もまた釣《ツリ》に出《イ》でて候」

（8）同書、三四頁「シテ「思ふも恨めしいにしへの」地「思ふも恨めしいにしへの　娑婆《シャバ》の名を得し　阿漕がこの浦に　なほ執心《シウシン》の　心引く網の手馴《テナ》れし鱗類《ウロクズ》今はかへつて　悪魚毒蛇《アクギヨドクジャ》となつて紅蓮《グレン》大紅蓮の氷に　身を傷《イタ》め骨を砕けば　叫ぶ息は　焦熱《シヨオネツ》大焦熱の　焔煙《ホノオケムリ》雲霧《クモキリ》　たちゐに隙もなき冥途《メイド》の責《セ》めも度重なる　阿漕が浦の　罪科《ツミトガ》を　助け給へや旅人よ　助け給へや旅人とて　また波に入りにけり　また波の底に入りにけり」

(9)『自家伝抄』前掲書、一四五頁、一四九頁「[世阿弥百七拾九番　上品上之能数]」安古喜」「[世阿弥百余番之内今春家能相定上品云]」安古喜」

(10)『能本作者註文』前掲書、一一八頁「[観世之作ノ分　世阿弥ヵ作]」安濃」

(11)伊藤正義『謡曲集』上、前掲書、三九四頁。

(12)『言継卿記』高橋隆三・斎木一馬・小坂浅吉校訂『増補 言継卿記』第一、続群書類従完成会、一九六六年、一八四頁「[天文元年五月条]」二日庚戌曇、早々資直卿暫来談候了、伯卿借屋へ各同道候て罷向、彼勧進申楽庭之やくらより見候了。罷候人数四條父子、予、東坊城、資直卿父子、官務等也、四條、資直卿両人壺随身歟、一盃候了、七過時分罷帰候、予者半裏より広橋へ罷候て、屋くらにて一二番見物候、又一盃候了、申楽過て直に飛鳥井へ罷候て、暫雑談候了、庭にて馬に被乗候、予もそと乗候了、今日之能者玄上、身うり、定家かつら、きくち、道明寺、玉かつら、鵜飼、守久等也、昨日者氷室、松風村雨、守屋、張良、春栄、龍田、浜川、あこ木、車僧等仕候由申候了」

(13)『鵜飼』前掲書、一一三頁「シテ「鵜舟を弘誓の舟になし　法華のみのりの助け舟　篝り火も浮かむ気色かな　迷ひの多きうきくもも　実相の風荒く吹いて　千里の外も雲晴れて　真如の月や出でぬらん」地「ありがたのおん事や　奈落に沈む悪人を　仏所に送り給ふなる　その瑞相のあらたさよ　法華は利益深きゆゑ　魔道に沈む群類を救はんために来たりたり」

謡曲全体で『法華経』功徳の宣揚は大きな割合を占めており、とりわけ『鵜飼』の一節はその白眉と評される。以下を参照。英雲外『謡曲と仏教』丙午出版社、一九一七年、五六頁。花田凌雲『謡曲に現れたる仏教』興教書院、一九三八年、一八頁。

(14)　源信撰『往生要集』巻上大文第一「厭離穢土」大正新修大蔵経二六八二、大蔵出版、一九三四年、八四巻三三頁「六不喜処。謂有大火炎。昼夜焚焼。（中略）昔吹貝打鼓。作可畏声。殺害鳥獣者堕此中」

(15)　『正法念処経』巻六「地獄品之二」大正新修大蔵経七二一、一七巻二九頁「又彼比丘。観活地獄第六別処。名不喜処。彼業果報。衆生何業生於彼処。彼見聞知。行悪之人。心常憶念欲殺衆生。為猟殺故。遊行林野。吹貝打鼓。種種方便作大悪声。声甚可畏。林行衆生。鹿鳥師子虎豹熊羆猿猴等畜遊行無畏。行悪業者。為欲殺故」

(16)　『唯信鈔文意』金子大榮編『原典校註　真宗聖典』法蔵館、一九六〇年、六五六〜六五七頁「自力のこころをすつといふは、やうやうさまざまの大小聖人善悪凡夫の、みづからがみをよしとおもふこころをすて、みをたのまずあしきこころをかへりみず、ひとすぢに具縛の凡愚、屠沽の下類、無礙光仏の不可思議の本願、広大智慧の名号を信楽すれば、煩悩を具足しながら無上大涅槃にいたるなり。具縛はよろづの煩悩にしばられたるわれらなり。煩はみをわづらはす、悩はこころをなやますといふ。屠はよろづのいきたるものをころしほふるものなり、これはれうしといふものなり。沽はよろづのものをうりかうものなり、これはあき人なり。これらを下類といふなり」

親鸞は『教行信証』に中国撰述文献『阿弥陀経義疏聞持記』を引いていわく、「屠」は殺生をなりわいとする者、「沽」は酒の売買にたずさわる者であり、このような「悪人」はひたすら阿弥陀仏を頼みとすることで極楽往生をとげられるという。

『教行信証』「信巻」同書、二三二頁「聞持記巻下にいはく、（中略）屠沽下類刹那超越成仏之法可謂一切世間甚難信也。屠はいはく殺をつかさどる、沽はすなはち醞売、かくのごとし悪人はただ十念によりてすなはち超往を得、あに難信にあらずや」

(17)『唯信鈔文意』同書、六五七〜六五八頁「れうしあき人、さまざまのものは、みな、いしかわらつぶてのごとくなるわれらなり。如来の御ちかひをふたごころなく信楽すれば、摂取のひかりのなかにおさめとられまいらせて、かならず大涅槃のさとりをひらかしめたまふは、すなわち、れうしあき人などは、いしかわらつぶてなむどを、よくこがねとなさしめむがごとしとたとへたまへるなり。摂取のひかりとまふすは、阿弥陀仏の御こころにおさめとりたまふゆへなり」

謡曲の基底に鎌倉新仏教の救済思想があったとする意見がある。宗祖たちが模索した新たな衆生救済のありようが芸能に採り入れられて世人に享受され、幅広い社会層への浸透がとげられたという。家永三郎『猿楽能の思想史的考察』法政大学出版局、一九八〇年。再録『芸術思想史論』家永三郎集第十一巻、岩波書店、一九九八年、一九七頁。

(18)『歎異抄』十三、伊藤博之校注『歎異抄 三帖和讃』新潮日本古典集成、一九八一年、三一〜三二頁「また、海河に、網をひき、釣をして、世を渡る者も、野山に、獣を狩り、鳥をとりて、命をつなぐともがらも、商ひをし、田畠を作りて過ぐる人も、ただ同じことなりと。さるべき業縁のもよほさば、いかなる振舞もすべしとこそ、聖人は仰せ候ひしに、（中略）されば、善きことも、悪しきことも、業報にさしまかせて、ひとへに、本願をたのみ参らすればこそ、他力にては候へ」

正安元年（一二九九）聖戒撰述の『一遍聖絵』第八に、丹後穴生で思った一遍のもとに猟師漁夫が参集した記事がある。殺生をなりわいとする異装の者たちがこぞって合掌し、念仏にあずかったという。大橋俊雄校注『一遍聖絵』岩波書店、二〇〇〇年、八六頁「おりふし腹をわづらひ給けるほどに、行歩わづらはしとて二七日逗留し給。そのあひだ、まいりあつまりたるものどもをみるに、異類異形にしてよのつねの人にあらず。畋猟漁捕を事とし、為利殺害を業とせるともがらなり。このさまにては仏法帰依のこゝろあるべしともみえざりけるが、おの〳〵掌をあはせてみな念仏うけたてまつりてけり」

(19)『御文』六、笠原一男校注『蓮如文集』岩波書店、一九八五年、二四〜二五頁「まづ当流の安心のおもむきは、あながちに、わがこころのわろきをも、また妄念妄執のこころのおこるをも、とどめよといふにあらず。ただあきなひをもし奉公をもせよ、猟すなどりをもせよ、かかるあさましき罪業にのみ、朝夕まどひぬるわれらがごときのいたづらものを、たすけんとちかひまします弥陀如来の本願にてましますぞと、ふかく信じて、一心にふたごころなく弥陀一仏の悲願にすがりて、たすけましませとおもふこころの一念の信まことなれば、かならず如来の御たすけにあづかるものなり。このうへにはなにとこころえて念仏まうすべきぞなれば、往生はいまの信力によりて御たすけありつる、かたじけなき御恩報謝のために、わがいのちあらんかぎりは、報謝のためとおもひて念仏まうすべきなり。これを当流の安心決定したる信心の行者とはまうすべきなり」

(20) 木村紀子「梁塵秘抄 四句神歌」『国語国文』五二巻一号、一九八三年、五〇頁。

(21) 馬場光子「鵜飼の嘆き」『走る女 歌謡の中世から』筑摩書房、一九九二年、一三〇頁。

第四章注

(1) 蓑笠を供養に手向ける行為については、『夫木抄』巻三十二の権僧正公朝の歌「あま衣蓑きて家に入ることは神やらひより忌むといふなり」を引いて、中世において蓑笠が何か不吉を感じさせていたことが指摘されている（小西甚一・草深清「善知鳥（謡曲狂言鑑賞講座・三）」前掲論文、五九頁）。その根底には蓑笠を着せて死者を葬る習俗があった。これはもともと仏教にはない発想であり、さかのぼれば記紀神話に至り着く（五来重『葬と供養（上）』前掲書、二二二頁）。天上で乱暴狼藉を働いた素戔嗚尊は「底根の国《そこつね》」に放逐された。風雨に見舞われ、青草を結い束ねて蓑笠をこしらえ、神々に宿を乞うた。このことがあってから、蓑笠を着て家に入ることが忌みきらわれたのである（『日本書紀』巻一「神代上」坂本太郎他校注『日本書紀（一）』岩波書店、一九九四年、四四四頁「于時霖也。素戔嗚尊。結束青草。以為笠簑。而乞宿於衆神。（中略）自爾以来。世諱著笠簑。以入他人屋内」）。権僧正公朝の歌はここから読み解くことができよう。

これに加えるに、蓑笠はかつて被差別民に強要された服装であった。時代はくだるが、天保十二年（一八四一）に信州松代藩が「穢多非人に口達」した文書に、「晴雨に限らず裾をはしり草鞋をはき雨天之節は菅笠簑相用可申候」とある。また、安政三年（一八五六）の牟礼神社文書「差上申一札之事」に、「縦大雪大雨ニ候共、下駄足駄傘日傘等者ハ一切相用ィ不用、簑笠之外相用ィ間敷候事」とある（柴田道子『被差別部落の伝承と生活——信州の部落 古老聞き書き』三一書房、一九七二年、三二三〜三二四頁。資料五、六番）。

それは殺生をなりわいとする階層の身分にかかわるだけでなかった。こうした作品を創作し実演した人々の出自がそこに投影されているという主張もある（伊藤喜良「中世後期の雑芸者と狩猟民——「善知鳥」にみる西国と東国」小笠原長和編『東国の社会と文化』梓出版社、一九八五年、一七六頁）。

（2）『五音』巻上、能勢朝次『世阿弥十六部集評釈』下、岩波書店、一九四四年、二一一頁「モトメヅカ〔傍注〕求塚　亡父曲」

（3）小西甚一『日本文藝史Ⅲ』講談社、一九八六年、五一六頁。

（4）『求塚』小山弘志・佐藤健一郎『謡曲集』2、前掲書、二三〇頁「ワキ・ワキツレ「一夜《ひとよ》臥す、牡鹿《をしか》の角《つの》の塚の草、牡鹿の角の塚の草、蔭《かげ》より見えし亡魂《ぼうこん》を、弔ふ法《のり》の声立てて」ワキ「南無《なむ》幽霊成等《いうれいじやうとう》正覚《しやうがく》、出離生死頓証菩《しゆツりしやうじとんしようぼ》提《だい》」

（5）『二十五三昧式』大日本仏教全書第三一冊、仏書刊行会、一九七八年、二二二頁「仍不択有縁無縁。一切霊等。為出離生死証大菩提。可唱弥陀宝号」

（6）『卒都婆小町』小山弘志・佐藤健一郎『謡曲集』2、前掲書、一二一頁「シテ「さて卒都婆の功徳はいかに」ワキ「一見卒都婆永離三悪道」シテ「一念発起菩提心、それもいかでか劣るべき」ワキツレ「菩提心あらばなど憂き世をば厭はぬぞ」

（7）『知章』佐成謙太郎『謡曲大観』第四巻、明治書院、一九三一年、二二四二頁「シテ・ワキ「一見卒都婆永離三悪道。何況造立者。必生安楽国。物故平の知章成等正覚」地下歌「昨日は人の上。今日はわれをも知らぬ身の。しかも弓馬の家人ならば。法にひかれつつ。仏果に到り給へや」

（8）『万法甚深最頂仏心法要』大日本仏教全書第三三冊、仏書刊行会、一九七八年、四一頁「弥陀一仏名号。是十方三世諸仏。理智冥合妙法界慧也。故一念功徳無辺也。何況十念功徳耶。菩提心論云。一念発起菩提心。勝於造立百千塔云々」

（9）闍那崛多訳『出生菩提心経』大正新修大蔵経八三七、一七巻八九三頁「若諸仏刹恒河沙。皆悉造寺求福故。復造諸塔如須弥。不及道心十六分」

　これは『往生要集』にも引いてある。『往生要集』巻上大文第四「正修念仏」前掲書、五一頁「又出生菩提心経偈云。若此仏刹諸衆生。令住信

心及持戒。如彼最上大福聚。不及道心十六分。若諸仏刹恒河沙。皆悉造寺求福故。復造諸塔如須弥。不及道心十六分」

(10)『謡曲拾葉抄』前掲書、三五〇頁「一念発起菩提心　大般若経曰起一念無上菩提相応之心即能折滅矣　華厳経曰一念発起菩提心勝於造立百千塔宝塔破壊成微塵菩提心熟即成仏道矣」

(11)『心要鈔』大正新修大蔵経二三一一、七一巻六〇頁「経云。一念発起菩提心。勝於造立百千塔。宝塔破壊成微塵。菩提心種成仏道」

(12)『宝物集』巻四、新日本古典文学大系『宝物集　閑居友　比良山古人霊託』岩波書店、一九九三年、一五〇頁「一念菩提心をおこす功徳、百千の堂をつくるにすぐれたり。いはんや、ながく道心をおこして、仏道をもとめん人をや。仏、花厳経の中に、おほくたとへをもて、菩提心の功徳をばほめたまひ侍るめる」

(13)間宮士信等編、蘆田伊人校訂『新編相模国風土記稿第四輯』巻九十五「鎌倉郡山之内庄材木座村」谷野遠蔵板、一八八八年、二〇頁「感応寺。由比山宝幢院ト号ス。真言宗京都三宝院末。不動ヲ本尊トシ、神変菩薩。理源大師ノ像アリ。中興ヲ養源ト云フ。境内ニ倶利迦羅龍王ノ古碑アリ」

碑面の文字は以下のとおりである。「一見卒都婆　永離三悪道　何況造立者　必生安楽国　弘長二年十一月廿日　右志者為□□□父母二親往生□□□」

(14)五味克夫「志々目家文書の再考察」『鹿児島女子大学研究紀要』一五巻二号、一九九四年、一三三頁「［南面］諸行無常　是生滅法　生滅々已　寂滅為楽　文永三年「八月彼岸　第六日「沙弥道意敬白「［西面］一見卒都婆　永離三悪道　何況造立者　必生安楽国　執筆金剛仏子観円「［北面］願以此功徳　普及於一切　我等与衆生　皆共成仏道「［東面］我依大日教　開亦瑜祇行　□□仍勝福　普利諸衆生」

(15)『諸回向清規』巻四「諸葬礼法式之部」大正新修大蔵経二五七八、八一巻六六六頁「七周忌。阿閦仏。真言[illegible]。超祥忌。七霜忌。休広忌。唵悪乞芻毘也吽。一切衆生。悉有仏性。如来常住。無有変易。一見卒都婆。永離三悪道。何況造立者。必生安楽国。毎自作是念。以何令衆生得無上道。速成就仏身」

(16) 拙著『位牌の成立――儒教儀礼から仏教民俗へ』東洋大学出版会、二〇一八年、一五〇頁。

(17) 第三章注(8)参照。

(18)『歌占』横道萬里雄・表章校注『謡曲集』上、日本古典文学大系、岩波書店、一九六〇年、四〇一頁「地「ある時は、焦熱大焦熱《しょおねつだいしょおねつ》の、炎にむせび、ある時は、紅蓮大紅蓮《ぐれんだいぐれん》の、氷に閉じられ、鉄杖《てつじょお》頭《こおべ》を砕き、火操《かそお》あなうらを焼く」

(19)『五音』巻下、前掲書、二二二頁「歌占　元雅曲」

(20)『往生講式』大正新修大蔵経二七二五、八四巻八八〇頁「無始以来輪廻六趣備受諸苦。或咽焦熱大焦熱之炎。或閉紅蓮大紅蓮之氷」

(21)『二十五三昧式』前掲書、二二二頁「願焦熱大焦熱中。紅蓮大紅蓮之間。放遍照光明。速引導受苦衆生」

(22)『謡曲拾葉抄』前掲書、七一三頁「三界義云。炎熱地獄。亦名焦熱地獄。(中略)極熱地獄。亦名大焦熱地獄」

(23)『三界義』恵心僧都全集第三巻、比叡山図書刊行所、一九二七年、六一八、六二四頁「問何名炎熱地獄耶。答炎焼地獄者亦名焦熱地獄也。謂彼獄卒。(中略)以三熱大鉄椎棒。或築或打令如肉摶。長時受苦。故名炎熱地獄。問何名極熱地獄耶。答極熱地獄者亦名大焦熱地獄也。(中略)復生如故。還置鉄鑊中。長時令受苦。故名極熱地獄」「問八寒地獄者。(中略)鉢特摩者。此云紅蓮華地獄。此地獄受苦過前故。色変為紅赤。皮膚分裂。或十或多。似紅蓮華色形。摩訶鉢特摩者。此云大紅蓮華地獄。彼身分極大紅赤。皮膚分裂。或百或多也。更過於前。故名大紅蓮華地獄也」

(24)『求塚』前掲書、二三四頁「シテ「而《しか》うじて起き上がれば」地謡「而うじて起き上がれば、獄卒《ごくそツ》は笞を当てて、追つ立つれば漂ひ出でて、八体《はつだい》地獄の数々、苦しみを尽し御前《おんまへ》にて、懺悔《ざんげ》の有様《ありさま》見せ申さん。まづ等活《とうくわつ》 黒縄《こくじよう》 衆合《しゆがふ》、叫喚《けうくわん》 大叫喚、炎熱《えんねつ》極熱無間《ごくねつむけん》の底に、足上頭下《そくじやうづけ》と落つる間は、三年三《みとせみ》月《つき》の苦しみ果てて、少し苦患《くげん》の隙《ひま》かと思へば、鬼も去り火炎も消えて、暗闇《くらやみ》となりぬれば、今は火宅に帰らんと、ありつる住みかいづくぞと、暗さは暗しあなたを尋ね、こなたを求塚《もとめづか》いづくやらんと、求め求めたどり行けば、求め得たりや求塚の、草の蔭野《かげの》の露消えて、草の蔭野の露消え消えと、亡者《まうじや》の形は失《う》せにけり、亡者の影は失せにけり」

(25) 同書、二三二頁「シテ「恐ろしやおとこは誰《た》そ。何小竹田男《なにささだをとこ》の亡心《ばうしん》とや。またこなたなるは血沼《ちン》の丈夫《ますらを》。左右《さう》の手を取つて、来《きた》れ来れと責むれども、三界火宅の住みかをば、何《なに》と力に出づべきぞ。また恐ろしや飛魄《ひばく》飛び去り目の前に、来《きた》るを見れば鴛鴦《をしどり》の、鉄鳥《てツてう》となつて鉄《くろがね》の、嘴足剣《はしあしつるぎ》のごとくなるが、頭《かしら》をつつき髄《ずい》を食ふ。こはそもわらはがなせる科《とが》かや、恨めしや」

(26)『往生要集』巻上大文第一「厭離穢土」前掲書、三三頁「六不喜処。謂有大火炎。昼夜焚焼。熱炎嘴鳥。狗犬野干。其声極悪。甚可怖畏。常来食噉。骨肉狼藉。金剛嘴虫。骨中往来。而食其髄。昔吹貝打鼓。作可畏声。殺害鳥獣者堕此中」

なお、『正法念処経』にはこれに該当する記述がない。

(27)『最明寺本往生要集』築島裕、坂詰力治、後藤剛編『最明寺本往生要集訳文編』汲古書院、一九九二年、六頁「六ハ不喜処謂く、大ナル火炎有、昼夜ニ焚焼ス。熱炎の嘴アル鳥、狗犬野干の其の声、極悪にシテ甚タ怖畏ス可シ、常ニ来テ食噉す。骨肉狼藉タリ。金剛嘴アル虫、骨ノ中ニ往来テ、其の髄チ食ラフ」

(28) 家原彰子「《善知鳥》小考」前掲論文、二一七頁。

(29)『砧』小山弘志・佐藤健一郎『謡曲集』2、前掲書、二七一頁「地謡「因果の妄執の、思ひの涙、砧にかかれば、涙はかへつて、火炎となつて、胸の煙の、炎にむせべば、叫べど声が、出でばこそ。砧も音なく、松風も聞こえず、呵責の声のみ、恐ろしや」

(30)『世子六十以後申楽談儀』前掲書、一八三頁「静かなりし夜、砧の能の節を聞きしに、かやうの能の味はひは、末の世に知る人あるまじければ、書き置くもものくさき由、物語せられしなり」

(31)『二十五三昧式』前掲書、二二二頁「火炎来而焦身。求甘泉之水。鑊湯沸而自壊肝。泣而涙不落。猛火焼眼故。叫而声不出。鉄丸満喉故」

第五章注

(1) 関山和夫『説教の歴史的研究』法藏館、一九七三年、四〇四頁。同『説教の歴史——仏教と話芸』白水社、一九九二年、一五五頁。

(2)『さんせう太夫』天下一説経与七郎正本、信多純一・阪口弘之校注『古浄瑠璃 説経集』新日本古典文学大系、岩波書店、一九九九年、三三一頁「次第に帆影は遠うなる　声の届かぬ所では　腰の扇取り出だし　ひらり〳〵と招くに　舟も寄らばこそ　今朝越後の国直江の浦に立つ白波が　横障の雲と隔てられ　我が子見ぬかな悲しやな　善知鳥安方の鳥だにも　子をば悲しむ習あり　なふいかに船頭殿　舟漕ぎ戻いて　今生にての対面をも一度させて給はれの」

ここには「横障の雲と隔てられ」とあるが、『善知鳥』の現行刊本には「惑障の、雲の隔てか悲しやな」とある。惑障の語は漢訳仏典に頻出しており、煩悩障の意であるから後者が適切であろう。謡曲の底本は説経の正本と同じく「横障」に作る(伊藤正義『謡曲集』上、前掲書、一五三頁、注一五)。

説経本に善知鳥に関する言及があることは、齊藤泰助『善知鳥物語考』(前掲書)に学んだ。後述の近松・西鶴・其角なども同様である。

(3) 室木弥太郎『説経集』新潮日本古典集成、一九七七年、三九七頁。

(4) 近松門左衛門『夕霧阿波鳴渡』山根為雄他校注『近松門左衛門集』1、新編日本古典文学全集、小学館、一九九七年、四三四頁「親子は目もくれ、胸塞がり、漏る、涙を、夕霧も、それと見るより飛び立つごとく、心を胸を積み畳む蒲団の上にかつぱと伏し、思ひを涙に通はせて、人目を中に憚りのせきたぐるこそ哀れなれ。サア〳〵間の山、早う〳〵と言ひければ、あつと涙のたま鬘玉、うたふ声にも血の涙、子は安方の囀りや」

(5) 磯田道冶『竹斎』前田金五郎・森田武校注『仮名草子集』日本古典文学大系、岩波書店、一九六五年、九八頁「北野の社に参りて見れば、貴賤群集の限りなく、(中略)又或方を見てあれば、囃子の音ぞ聞えける。役者の衆は誰々ぞ。鼓打は新九郎、上田、白極、長衛門、少九、助三、小左衛門。謡の衆は誰々ぞ。内裏の渋屋、金春に、七太、三十、脇は又、進藤、春藤、権右衛門、太鼓は佐吉、小笛なり。さて囃子の大事には、関寺小町、乱拍子、猩々の乱なり。六條少進出合ひて、例の御好きの善知鳥をば、一番こそは舞はれける」

(6) 井原西鶴『一目玉鉾』新編西鶴全集編集委員会『新編西鶴全集』第五巻下、勉誠出版、二〇〇七年、一二七〇頁「津軽 津軽土佐守殿城下 岩城山とて高山有。是につつきて比賀崎といふ大灘、夷の松前へ荒海十里也。此所より出し名物、うとふやすかた がつほう 鷹。外の浜 此所、今に殺生人猟師の世をわたる業とて、幽に住あれて、物淋しき浦也。紅ゐの涙の雨にぬれし迚《とて》簑を着て取うとふやすかた 陸奥の外の浜なるうとふ鳥子はやすかたの音をのみそ鳴 子を思ふ涙の雨のみのの上にかかるもつらしやすかたの鳥」

(7) 喜多村校尉編、相坂則武・伊藤祐則補『津軽一統志』「首巻目録」新編青森県叢書刊行会編『新編青森県叢書』第一巻、歴史図書社、一九七四年、四頁「一　陸奥国濫觴並郡分「一　津軽郡　邑里之号于附巻出焉「日本広邑　三十　日本二崎「岩木山山中古跡「名所「十府菅薦《トフノスカコモ》　野田ノ玉川　外ノ浜有多宇末井《ウタウマキ》梯《カケハシ》　烏頭安潟　津軽野「古跡「三馬屋達比崎《タツヒサキ》　十三湊《トサノ》　小泊崎　唐糸ノ前」

(8)『吾妻鏡』新訂増補国史大系第三二巻、吉川弘文館、一九三二年、三七二頁「[文治六年二月]十二日丙申。発遣軍士幷在国御家人等。為征兼任。此間群集于奥州。(中略)凶賊渡北上河逃亡訖。於返合之輩者。悉討取之。次第追跡。而於外浜糠部間。有多宇末井之梯。以件山為城墎。兼任引籠之由風聞。上総前司等又馳付其所。兼任一旦雖令防戦。終以敗北。其身逐電晦跡。郎従等或梟首。或帰降云々」

国史大系本には「有ニ多宇末井之梯一」と訓点が施してあり、以後の注釈本はいずれも「多宇末井の梯有り」と解している(永原慶二監修・貴志正造訳注『新版全訳吾妻鏡』第二巻、新人物往来社、二〇一一年、一四一頁他)。

(9)『津軽一統志』「首巻　名所」『新編青森県叢書』第一巻、前掲書、一二頁「一　烏頭《ウトウ》善知鳥トモ此所烏頭沼有リ祭烏頭宮「一　安潟《ヤスカタ》悪知鳥トモ　于今在ル所ノ名也。「按今猿楽之為シテ業ト所ノ于世翫《モテアソブ》諷三百番之内有烏頭之諷事者出于其書「又烏頭鷗之属黒シテ而嘴ト足ト赤シ有献是江府「集未考　陸奥の外の浜なる呼子鳥「啼なる声はうたふやすかた「同　紅の涙の雨にぬれしとて「みのをきてとるうたふやすかた「同　子をおもふ泪の雨のみの、うへに「か、るもつらしやすかたの鳥「同　陸奥の外の浜なるうたう鳥「子はやすかたの音をのみそなく」

(10)錦仁『なぜ和歌を詠むのか——菅江真澄の旅と地誌』笠間書院、二〇一一年、三二五頁。

(11)『当代記』巻四、早川純三郎編『史籍雑纂第

二』国書刊行会、一九一一年、一〇六頁「[慶長十二年六月十三日」宇都宮の主従奥平大膳大夫家綱、善知鳥と云鳥を、父美濃国加納奥平美濃守信昌ヱ進献。此鳥謡に在之間、日来有一見度との依存分如此、松前より塩に付来。彼鳥の体、箸は鳥のはしのちいさき者也。頭は猪のしかりけのことし。とさか在之、足は水鳥のことし。水かきあり、但かけつめなし。鳥の大さはあぢと云水鳥のちと長き者也。生きたる時鳴声、千鳥の声の高きもの也と云々。子を平砂に生捨けるか、我とそたちけると也。生立けれは親餌を養けると也。此うとう四月五月六月七月在之而、八月より三月迄はなし」

(12) 宝井其角『類柑子』中巻、渡辺ユリ子『其角「類柑子」』新水社、二〇一二年、二六二頁「うたふやすかたのとり〱　烏頭、善知鳥ともに不審の字也。東奥の商人、船にて松前へ渡る人のいへるは、蝦夷近き村里、島々の猟師ども、呼子鳥の笛などの類、鳩吹手合などのやうに、品〱声を似せて鳥を打をさして、うたふ〱とよぶ也。打追の心成べし。それをはやし立る列士のものをやすかたといふ也。うたふは親、やすかたは子にて、列士狩に出る、ゐびす共笠にかくれ、蓑にふす有さま、やすからぬと作りかけたり。卒土の浜、東夷をさす也。鳥類さえ親子の愛情はふかく、血の涙にさけびて命を惜むに、夷狄の其心なき因果を説て、殺生を戒しめたり」

(13)『奥羽観迹聞老志』巻三「庸貢土産類上」仙台叢書第十五巻、仙台叢書刊行会、一九二八年、六七頁「安方鳥　方或潟字或号善知鳥　相伝是所産于外浜也。近来春夏之交。商賈売之。其大似小鳧。而通形淡黒首長。尖觜々脚共黄色。但自頷下至下腹純白。商人曰之善知鳥。食之則有脂甚美。其好味不減緑頭鴨。此鳥実不審真偽焉。然以歌謡所述之趣。而考之則其肉足以供鼎実。其味足以養脾胃故。業之者亦貪多務得。而至専害生致殺如此之酷。与識者詳焉」

(14)『謡曲拾葉抄』前掲書、七一〇頁「或説云うたふとは鳥の名に非ず雁の子を親の呼声を云也其故は雁は砂の中に巣を造り子を産置て我さへ其所を覚えざる程に隠し置は猟者の捜さん事を恐る、也斯て親鳥飼を与んとて空より其子を呼声人の歌うたふに似たれば雁をばうたふと名付たりやすかたとは巣の中に子は養れやすらかに居侍ると云事にてやすかたとは云也古歌にも此心をよめり云々或書云善知鳥は其形方目に似たり味脚も方目に似て頭は皃のごとし嘴の上に肉角あり赤色也云々」

(15)伊勢貞丈『安斎随筆』巻之二十九、故実叢書編輯部編『安斎随筆第二』改訂増補故実叢書九巻、明治図書出版、一九九三年、二四六頁「ウタフといふ鳥　奥州卒都が浜にあり母鳥砂の中に子をうみ砂にてかくし置きて母鳥餌をはこび来てウタフと呼べば児ヤスカタと答へて出でて餌をはむとぞ猟人が母鳥の声をまねてウタフと呼べば児ヤスカタと答へて出づるを捕るとぞ子をとらるれば母鳥血のなみだを流す其の血にか、ればわろしとて蓑笠を着て子をとるなり。定家卿の歌夫木集みちのくの外の浜なる呼子鳥啼くなる声はうたふやすかた謡曲拾葉抄にうたふは雁の事なりと云ふ又一説をあげて或書に云く其の形方目《ハン》に似たり味脚《ハシアシ》も方目に似て頭は皃の如し觜の上に肉角あり赤色なりと云々。按ずるに雁の事なりといふは誤りなり或書に云くと云ふ説よしウタフの頭を切りてほしからぼしたるを見しに雁とは違ひたり絵図の如し毛色はうす黒し觜の色は赤からず白くして薄黒し觜乾きたる故色さめたる歟。頭大さ皃より小さし目わきの細長き毛うす黄なり肉角にあらずかたし」

(16)松前広長『松前志』巻四「禽獣部」寺沢一他編『蝦夷志・蝦夷随筆・松前志』北方未公開古文書集成第一巻、叢文社、一九七九年、一四八頁「ウトフは他国の称にして、本名善知鳥なり。方俗これをツナキトリと云又ハナトリと云。海鳥なり。此鳥海中に没して魚をとりて其觜の鼻とおぼしきときことろ（マヽ）にひつかけつなぎ出て其魚を食ふ故、かくなづけたるにや。旧記中に小嶋の花鳥と出たる此鳥なり。花は鼻なるべし。此鳥西部小嶋にわきて多し。稲若水説に奥州津軽外の浜の辺に此鳥多しと云へり。大和本草にも見へたり。此鳥皃の類にして鴉に似たり。其羽毛黒して足赤し。日没せんとせば海岸の叢を宿りとす。海人棒を以て打捕これを食ふ。其甚多きが故なり。其肉も亦美なりと云ふ」

(17) 古川古松軒『東遊雑記』柳田國男校訂『紀行文集』帝国文庫第二十二巻、博文館、一九三〇年、五一八～五一九頁「八月二十三日青森に止宿す。（中略）此所に善知鳥の社と称せる社塔御巡見所なり。此事跡は歌にもよみ書にもあらはし、或は謡又は浄瑠璃迄も作りて世に知る旧跡なるに、土民の言伝ふ事もなく、善知鳥いかなる物と古へよりも知る人もなく、社もやう〳〵方壹間半の麁相なる小社にて、社家別当の家にも言伝へし事更になく、善知鳥の宮は芸州厳島の明神を昔時此地へ勧請せしと言のみの事にて更に其証なし。傍に宗像明神と言社あり。是は御領主津軽侯の御建立の社といふのみにて麁相の事にて、名に聞しとは大違ひの処なり。百聞一見に不如と、世には斯る事の数多有るもの也。善知鳥の説いろ〳〵と言ふ事ながら、和歌者流好事家の説にして埒もなき論也。（中略）呼子鳥の論むつかし、人足に出し土人、予と谷村喜兵衛と呼子鳥の物語せしを聞居たりしが、呼子鳥と称する鳥は鶴の事と言し事なり。すつべき言にあらず」

(18) 曲亭馬琴『烹雑記』前集上之巻「多湊ぶり」日本随筆大成編輯部編『日本随筆大成』第一期二一、吉川弘文館、一九七六年、四三五～四三六頁「佐渡国雑太郡相川の鎮守を、善知鳥大明神と号す祠官市橋摂津。神明、春日の両社、同所に相並て、立せ給ふ。これを相川の三社と称せり。土俗の説に、善知鳥の神社は、周景王のおん女を祭るといへり縁起甚しき怪談なれば、録するに堪ず。こは、妄誕なるべし。異朝の公主を祀ることありとも、いかで神明、春日を、左右にしたてまつるの理あらんや。祭る神こそ定かならね。善知鳥は出崎といふがごとし。陸奥の方言に、海浜の出崎を、うとふといふ。外浜なる水鳥に、觜は太くて、眼下肉つきの処高く出たるあり。故に、これをも、うとふといふ。彼鳥の觜に喩て、出崎を、うとふといふか。出崎に比て、彼鳥を、うとふといふ歟。何にまれ、さし出たる処を、うとふといふは、東国の方言なり。美濃の御嶽駅の東に、うとふ村あり、信濃に、うとふ坂あり。いまは、鳥頭と書。これらみなさし出たる処なれば、うとふといふなるべし」

(19)　同書、四三八頁「この鳥は、荒磯の中にて、安かるべき干潟をたづねて子をうむゆゑに、親を出崎に比て、うとふといひ、子を干潟に喩て、やすかたといふ。といはゞ、おだやかに聞ゆべし。しかれども、辺境近塞のことは、伝聞の誤多かり。今推量をもて説べからず。(中略)むかしより外が浜にては、うとふとも呼つらめ。みやこ人は、その名だに、しかとしらざる鳥にやありけん。なほ考べし」

(20)　うとうの語源に関して、新村出の考察がある。この言葉はアイヌ語のetuに由来するという。etuは海に突き出た陸の端《ハナ》、すなわち岬を意味し、アイヌ語では人間の鼻もetuという。くちばしに突起のあるうとうの名はetuの転訛ではないかと新村は考えた。新村出「蝦夷に関する古歌」『こゝろのはな』一九巻一号、一九一五年。再録『新村出全集』第一巻、筑摩書房、一九七二年、八九頁。同「国語とアイヌ語」『外来語の話』新日本図書、一九四四年。再録『新村出全集』第三巻、一九七二年、二〇頁。

のちにアイヌの言語学者である知里真志保はetuの語義を人間の鼻、および鳥のくちばしであることを明らかにした。しかし、うとうについては、アイヌ語で「若鳥」を意味するpéwre-čikax（ペウレチカㇵ）という名称が存在するという。知里真志保『分類アイヌ語辞典 人間編』知里真志保著作集別巻Ⅱ、平凡社、一九七五年、三一六頁。同『分類アイヌ語辞典 植物編・動物編』著作集別巻Ⅰ、一九七六年、動物編二一一頁。

以上のことから、etuがうとうの語源であるとは認められない。ただ、馬琴が東国の方言で「さし出たる処」をうとうと呼ぶとしたのは、鳥の名の語源を解明したことにはならないまでも、少なくともアイヌ語etuの解釈としては的確だったことになる。なお、etuには「先」の義もある。ただし「鼻」に比して「くちばし」と「先」は使用地域に偏向のあることが確認されている。服部四郎編『アイヌ語分類辞典』岩波書店、一九六四年、五、一八二、二三五頁。

(21) 小山田与清『松屋筆記』巻七十、国書刊行会、一九〇八年、五六～五七頁「屋代弘賢善知鳥考古今要覧水禽部に野中新三郎御徒目付曰予文化三年蝦夷に在りし時漁人に託してうたうをとらせたりとてその皮を全剝にせしを秘蔵せり（中略）明和の比松前の家臣新田源左衛門といふもの松前より三四里西の方なる人も通わぬ小嶋にいたりし時異形の鳥を見て鉄砲にて打とめたれば友鳥悲鳴して雨のごとく露を降らしたり奇異のこと也とて人にかたりしを折しも花山院家の雑掌滞留せしが是をきゝてさてはうたう也とて京にかへりて本主にも申しかば花山院家より所望ありて再かの嶋にて打捕たる時も悲鳴のありさま上件のごとくなりしとかや是によりておもふに三百年ばかりさきに津軽に居しもの、明和の比七八十里北の方へ移りしに今はそこにもあらずといへば猶北方へ遠ざかりしなるべしと推量して蚫を取漁人にかくのごとくの鳥あらば捕て来れといひ付しかば西蝦夷の内テウレといふ嶋ヤンケシリといふ嶋の辺にて捕得しとて六月の比おこせし也捕得たる時はいかにと問ひければ網にて捕候ひしが友鳥おほくむらがり悲鳴て露をおとせしこと雨のごとしといひきいとふしぎなる事也此二の島は松前よりは百余里北にあたれり鳴声は鷗に類せしといふ云々又云釈名の條つなぎ松前方言うとッふ蝦夷方言云々又云正誤の條野中新三郎説によるに紅涙は涙にあらざるがごとし口より津液をした、るにやと又くれなゐなるよしきこえざる也云々」

(22)　森銑三「最上徳内事蹟考（四）」『歴史地理』五六巻六号、一九三〇年。再録『森銑三著作集』第五巻、中央公論社、一九七一年、六〇頁。

(23)　『松屋筆記』前掲書、五七頁「与清曰善知鳥は鷗の種類也宇多宇といふは母鳥の鳴声やすかたは雛の鳴声なることはなくなるこゑはうたうやすかたとよめるにて知るべし異名よな鳥といふ善知鳥の字面は謡詞に始て見ゆ沙鳥は沙中に穴して子を生ゆゑなるべし鴪の字はた同義也松前の方言にツナギといふは一鳥捕らるれば衆鳥跡をつなぎて悲鳴するゆゑにや蝦夷人がうとッぷとよぶは皇国人がうとうといふをよこなまりたる也」

(24)　屋代弘賢『不忍禽譜』国立国会図書館本（https://dl.ndl.go.jp/info:ndljp/pid/1286932）第六葉「ウトウ図ウトウトモ　ウトフトモ　ウタフトモ書ク　仮名遣詳ナラス「文字未詳俗用善知鳥三字「茗渓手摹「夫木抄　定家卿「みちのくのそとのはまなるよふことりなくなるこゑはうとふやすかた「此鳥陸奥国卒都浜にあり　母鳥砂土の中に子をうみて沙の土をかけて隠し置きて母鳥餌をはこひ来りてうとう〳〵とよへは子やすかたと答て出て餌をはむ也　猟人は母鳥の声をまねてうとうとよへは子やすかたと答て沙の中より出るを捕る也　子を捕れて母鳥血の泪を流すその血人の身にか、れはわろしとて蓑笠を着て子を捕ると云也　或説にうとうは雁の事なりと云は誤也　或人云うとうの肉をとり中に木を入てほしたるを見しに右の図に当るはすと云　即毛うとうのくひを切てほしからぼし、たる

を見し事ありし　右の図にたかはす　右の図多賀常政の本を写「天明四年甲辰三月十二日　伊勢平蔵貞丈書」

(25) 西沢敬秀『善知鳥考』本編上之巻「安方の事」新編青森県叢書刊行会編『新編青森県叢書』第一巻、歴史図書社、一九七四年、四三五頁「扨此安方を早うより、烏頭文次安方といへる漁猟者ありて、そのもの、みまかりてのち、在し世の報ひに、地獄といふ地にいたりて鳥獣に責られをりしを、一人の修行者の越の立山にて、この亡霊にいであひて、其様をみつゝもこのよし古郷の、女《メ》子《コ》にことつけよと、いへるをうべなひて、率土浜に下り来て、そのことつげつゝ、亡跡《ナキアト》の弔ひをしつる云々、このをのこの住めりし地ゆゑ、安方といへるなどいふ説は、かの烏頭といへる謡曲をもと、していへるにて、この作りものとさへ、思ひたらぬほどなる人のいひなせる、はかなきひがことにて取るにも足らざること」

(26) 同書、本編下之巻「烏頭鳥名義の事」四四二〜四四四頁「この鳥の名を、宇多布《ウタフ》といへるは本《ヒトツ》名《ナ》にて宇多布鳥とも、安方の鳥といふは、一名《マタノナ》なり八須加多ともまれには与那鳥とも、歌にみえたり、まづ宇多布と云ふに二義ありて、一つには歌《ウタ》ふといへる義なり。そはこの鳥の啼声長やかにあやありてうるはしくそのさま歌ふが如くなるよりなすらへて、しか名にはおふせしなるべし。(中略) 今一つには訴《ウタ》ふといへる義なり、そは啼声の哀《アハレ》に物悲しく詠むる故、しかおふせしなるべし (中略) そはとまれ、かくまれ、宇多布といふ名は、啼声によりてなることは動かさることなりかし」

(27) 同書、本編下之巻「宇多布爾《ウタフニ》塡而在《アテタル》字《モジノ》　義《ヨシ》廼《ノ》事」四四六〜四四七頁「宇多布《ウタフ》といふに、嗚呼、烏頭、善知鳥、悪知鳥等と塡《アテ》たるはいかにといふに、(中略) 善知鳥、悪知鳥とあてたる二つには、各二義ありて、一つにはこの鳥、安潟の洲にても其余にても、葭《ヨシ》、葦《アシ》のしげみの中に巣めりて、多く群居《ムレヰ》る鳥故、葭千鳥、葦千鳥といへる義にてあてたるなるべしこの辺いつこも〳〵葭葦おほくあるなり、この葭、葦の難波のよしあしなど、またさらぬにも、多く善悪《ヨシアシ》にかけていへるから、ことさらに、此二字を借りてかく対へて、書るなるべし」

第六章注

（1）柳田國男『雪国の春』岡書院、一九二八年。再録『柳田國男全集』3、筑摩書房、一九九七年、六三〇頁。

（2）真澄の日記に記された古歌の出典もしくは類似する歌の他の文献への既出は、佐伯和香子によって明らかにされている。この三首についても同様である。第一首は正弘『松下集』二二七〇番「紅の涙ゆゑこそ人もしれやすかたつらき袖の上かな」である（番号は新編国歌大観による。以下同様）。第二首は『六花集注』二六二番「子を思ふ涙の雨の蓑の上にかかるもかなしやすかたの鳥」である。第三首は『秘蔵抄』一七八番「そらにしてうとうとうとわびぬればこはやすかたとねをのみぞなく」である。佐伯和香子『菅江真澄の旅と和歌伝承』岩田書院、二〇〇九年、二六三頁。

（3）『そとがはまかぜ』菅江真澄全集第一巻、未來社、一九七一年、二八七頁「［十八日］安潟といふ町あれど、みなやけたり、かり小屋のみ立ならびたり。鳥頭の宮といふかん社も、おなじ火にやかれたり。［天註］善知鳥山養泉寺安方に在り、古儀真言寺の在り。いにしへは善千《ヨシチ》鳥《トリ》、悪衜《アシチトリ》といふ鳥、このはまに多く群てあさりしかど、今はなし。凡鷗に似てことなりとか。うとうやすかたといふは、よしちとり、あし千鳥ならん、又雌雄にや。むかし此鳥をとりて、むさしの君に奉りたるためしありけるなど、浦の翁の語る。ふるき歌に、紅のなみだの雨にぬれしとてみのをきてとるうとうやすかた　子を思ふなみだの雨の蓑の上にかゝるもつらしやすかたの鳥　みちのくのそとがはまなるうとう鳥こはやすかたの音をのみぞなく、とずして、月見てんと、磯輪つたひありきてよめる。外が浜海てる月もよし傷羽風に払ふ浪のうき霧　おもひやるゐぞが嶋人弓箭もてゐまちの月の影やめづらん　見るがうちに空行月の曇るこそゐぞの島人こさや吹らめ　蝦夷人のふりも見まほしう、この海ことなうわたらん日は、いつ〳〵の空にかあらんと神にまかせて、十日の日数をかいひめ、又三年の春秋の時をしるしてうらひすれば、此十日の中になし、たゞ三とせをまつべしといふあめのおしへにまかせて、かの島にわたらんこと、三とせへて、をりもあらばとゞめたり」

(4)　内田武志・宮本常一編訳『菅江真澄遊覧記』1、平凡社、一九六五年、一七五頁。

(5)　『そとがはまかぜ』前掲書、二八七〜二八八頁「十九日　はま路いきて、有多宇末井の梯見にいかんと出れば、鍋かまおひ、あらゆるうつはをたづさへ、をさなき子をかゝへて、男女みちもさりあへず来るは、じにげすとて、うへ人とならんことをおそれて、ことくに、行けるとなん。此ものらのいふをきけば、過しけかちには、松前に渡りて人にたすけられたり。こたびはいづこの情にあひてか命いきん、なりはひよきかた尋いかばやといふに、こは、浜路めぐり出なば、かて尽て、われはうへ人とならん。いざ、もとのすぢにかへりて行てんと浜田、荒川をへて、大豆坂《マメサカ》といふ処に来けり」

(6)　三溝政員『政員の日記』新編信濃史料叢書第十巻、信濃史料刊行会、一九七四年、三二七頁「けふみな月中の頃、越のうみの深きに心をひたし、陸奥の松島名によふ島の、処々のめてたき野山をものこりなく見廻り、古き歌の心をわきまへ新しきをもかひ求めて、古郷にかへらまくほりすなとの給ひて、旅衣をもひた、せぬれハ、親しき友とちうちおとろきて別る、事ハ世になきことのやうに覚へ侍りしとて、ひたふるにと、まり給へなと袖をかゝへてと、むれとも、いなふねのいなみにせんすへなし、こは別にそなりぬ」

(7) 従来の民俗学からの視点に対し、国文学や歴史学の視点から真澄の読み直しが必要とされる。このことを以下の研究から学んだ。佐伯和香子『菅江真澄の旅と和歌伝承』前掲書、二〇〇九年。志立正知『〈歴史〉を創った秋田藩――モノガタリが生まれるメカニズム』笠間書院、二〇〇九年。錦仁『なぜ和歌を詠むのか――菅江真澄の旅と地誌』前掲書。細川純子『菅江真澄の文芸生活』おうふう、二〇一四年。

(8) 『そとがはまづたい』菅江真澄全集第一巻、前掲書、四五六頁「[七日] みちは山路ありて馬かよひ、浜路ありて、かち人磯づたひしたり。うたうまへのかけはしを渡る。国人は、とうまへのかけはしともはらいへり。高岸の岩つらに、尋斗の板をわたしてあやうげ也。ふりあふげば木の中に婀岐都が窟とて、むかし、あら蝦夷人のこもりて、行かふふねをうちとゞめて宝をうばひたりしと、げにやさかしき処に、人さらに至らぬいはやど也。おくの海夷がいはやのけぶりさへおもへばなびく風や吹らん、など聞えて、蝦夷はかゝる処に多く栖たらんを、むかし人もしかながめ給へり。蛇塚の浦に来つれど、うらのながめのいとおかしければ、ふた、びかけはしをふみて、さいのかはらをゆんでに千貫石のあたりより馬みちをわけ、山にのぼりて見やる。うべも清少納言の、浜はそとがはま、名さへめづらしう、かいなし給へるもあはれ也」

(9) 藤原家隆『壬二集』新編国歌大観第三巻、私家集編Ⅰ、角川書店、一九八五年、七七九頁、二六八六番「おくの海やえぞが岩屋の煙だにおもへばなびく風や吹くらん」

(10) 錦仁『なぜ和歌を詠むのか』前掲書、七一頁。

(11) 田中重太郎『枕草子全注釈』角川書店、一九八三年、五六頁「浜は、そとの浜。吹上の浜。長浜。打出の浜。もみよせの浜、千里の浜こそ、広う思ひやらるれ」

なお、三巻本系統の本文では二〇五段に「浜は、有度浜。長浜。吹上の浜。打出の浜。もろよせの浜、千里の浜、広う思ひやらる」とあり、外の浜の名はない。池田亀鑑『枕草子』岩波書店、一九六二年、二五三頁。
(12)『えみしのへさき』菅江真澄全集第二巻、一九七一年、一五頁「安可加美といふ浜やかたに来る。しら神のいそあるにたぐえて、こゝに、あか神やおはし給ふ浦輪にてあらんか。(中略)この山おくに蝦夷がいはやといふあり、おもへばなびく風や吹らんと、家隆のながめおき給ふたるも、さんべき処をいふにやともへど、みち遠く、はた罷のあらぶる山なかなればとて、えいかですぐ」
(13)『まきのふゆがれ』菅江真澄全集第二巻、二九一頁「吉田懐貞といふくすしのやどをとぶらひしかば、あるじ、ふでをとりて、旅人のとふも恥かしおくの海夷が窟に近きすみかを　となんありけり。こは、奥の海夷がいはやのけぶりだにおもへばなびく風やふくらんと聞えたるところも志理弥とて、北海のはてなるへたに今鬼が窟といひて、むかしは蝦夷のこもりたれば、かくはよめる。あるじに返し。いはやどのけぶりはたえてにぎはへる里のしるべを尋ねてぞとふ」
(14)『そとがはまづたい』前掲書、四五九頁「河は、みなとのいと近し。かつ渡り青盛になりて、市中をはる〴〵と、米町とかはつれば烏頭の社あり。かくて、ふたたび烏鶄のみやしろに、ぬさ手向奉る。つたへきく、延喜の御代とやらん、善知鳥、悪傷のいたく群れあさりて、浜田、浦田の早苗ふみしだき稲のみのらざれば、国人うれへて都にうたへ申しかば、からしめ給ひて、その鳥のむくろを集て山とし、高く塚したりとも、あるは、烏頭大納言藤原安方朝臣といふやんごとなき君の、いづれの御世になにのおかしありてか、さすらへおましましてこの浦にてかくれ給ふたるが、そのみたまの鳥となりて海にむれ磯に鳴てけるを、しか名によび、その君を斎ひ祀て鴗大明神と唱ふなど、浦人の耳に残たる物語どものあり」

(15)『そとがはまづたい』前掲書、四六〇頁「おもふに、みちのおくの人、わきてこのあたりにて、空《ウツボ》なるものをさしてうとふといひ、うつぼなる木をうとふ木といふ。南部の山里に至りたるとき、のりたる駒の、とゞと、ふみとゞろかせば、いたく鳴りひゞくところあり。いかにととへば、こゝは、うとふ坂なれば、かく鳴りて侍るといらふ。ところ〴〵に空坂《ウトフザカ》、うとふ山てふ名も聞えたり。さりければこの鳥の、うなのほとりに穴をほりうがちて巣つくれば、しか、とりの名を空鳥《ウトフドリ》とやいへらんかし」

(16)『すわのうみ』菅江真澄全集第一巻、一二六頁「金井といふ里に水のながるゝを、玉ほこのした、りならめ道のへのかなゐの里に出る流井　うたふ坂といふ山路を行に、はなけ石とて、穴二ッあきたる巌の形うしに似たり。こゝに水ふたかたにながるゝ処を、水のわかれといふ。あたのさくらみなちりにけり」

(17)『つがろのおち』菅江真澄全集第三巻、一九七一年、二二九頁「空山《ウタウ》を左に大森山のほとりをへて、その処のひとつ家のあるじ、長見筑後とやらんいふ、かみぬしのあないにてこの堂にまうでて、御坂のかたはらに、としふる大杉のうれ朽たるを見て、大同のむかし語リもうべならんとおもへり」

(18)柳田國男は、道の両脇がそばだつ切通しをウドと呼ぶことから、各地でウトウ坂の名が生じたとする。『遠野物語』九三話に笛吹峠の伝承を述べたなかに、「名に負ふ六角牛の峯続きなれば山路は樹深く、殊に遠野分より栗橋分へ下らんとするあたりは、路はウドになりて両方は岨《ソバ》なり」とあり、これに注して「ウドとは両側高く切込みたる路のことなり東海道の諸国にてウタウ坂謡坂などいふはすべて此の如き小さき切通しのことならん」と記した（『遠野物語』聚精堂、一九一〇年。再録『柳田國男全集』2、筑摩書房、一九九七年、四二頁）。

かたや、洞窟や古木の空洞など中空なものをウトと呼ぶことが東北地方をはじめ広い範囲で見られることから、謡曲『善知鳥』の名の由来を立山地獄で亡霊の出現する洞窟に求める説明もなされている（五来重「昔話の世界（十六）瘤取り鬼と山伏の延年」『花道雑誌』四六巻七号、一九八二年。再録『寺社縁起と伝承文化』五来重著作集第四巻、法藏館、二〇〇八年、三八九頁）。

(19)『そとがはまづたい』前掲書、四六〇～四六一頁「善知鳥沼は、鳥の多くむれあさればいひつらんか。この沼も潟にてやあらん。海士、山賤等が、いやしくも潟と湖と沼とを、おほぞう、おなじさまに呼ぶたぐひのいと多し。さる潟のきしべあたりに、椰須《ヤス》てふ木などの生ひたらんを潟の名と、むかし人の呼たらん。はた、弥栖潟にてやあらん。ふるき歌に、みちのくのそとがはまべの喚子鳥鳴なる声は善知鳥やすかた、このこゝろばへも、鳴こゑは空鳥《ウトフドリ》にてや、すめらんところはいづこなるよ、安潟ならんとおもひやり給ふたらんか。又もかい聞えたきことのくさぐ〳〵なれど、猶ひがごとの、かたはらいたげなれば、かいもらして、ことふみにのせつ」

(20) 内田武志『菅江真澄研究』菅江真澄全集別巻一、一九七七年、四四一頁。

(21)『みずのおもかげ』菅江真澄全集第十巻、一九七四年、三四八頁「以天波《イデハ》の国、率浦《イザウラ》ノ荘寺裡《テラウチ》の郷、高清水《タカシミズ》の岡の辺《ワタ》りは、いと〳〵旧跡《フルキトコロ》ぞ多かる。（中略）鴈子山《ガムゴヤマ》といふあり。鹿児《カゴ》山にや。踏《フメ》ば、しと〳〵鳴る地《トコロ》あれば、かむごと云ひ、空《ウトフ》といふ。阿仁の籠《カゴ》山は籠岩より負《イヘ》り。うとふ山、うとふ坂、いと〳〵多き名也。おのれ、善知鳥《ウトウドリ》の考に、外が浜風といふものにも、つばらに此事記しぬ」

(22) 内田武志「うとう考」菅江真澄全集第十二巻、一九八一年、五〇八頁。

(23) 後藤宙外「真澄翁の善知鳥考（上）（二）～（五）」『秋田魁新報』一九三八年一月一二～一八日（筆者未見）。再録「うとう考」前掲書、五〇九～五一〇頁。

(24)「うとう考」菅江真澄全集第十二巻、五〇九頁「菅江翁の曰、おのれ陸奥出羽を三十年あまりを経て、世に疑はしき事どもは、蝦夷が千嶋の限り尋ね見めぐりぬ。品々の書集めたる中に善知鳥考といふ書を書けりしを、人の借りて失ひにき。そをそらに委曲に云ひ出でんこともいと難ければあらましをいはん」

(25)「うとう考」前掲書、五〇九頁「蒼杜の湊、外ヶ浜、又松前の浦をめぐれど、出崎を善知鳥といへる方言なし。是は江戸ノ曲亭、滝沢解の烹《ニ》雑《マゼ》記の説なり。是を考ふるに、陸奥の浦々にても異所にても、窾木《ウツホギ》を空木《ウトフギ》といひ、しと〳〵と踏めば鳴る地あるを空《ウトフ》なりと云ふ。坂などにもいと多し。そを窕坂《ウトフザカ》といふ。さし出たる所をうとふといふは東国の方言なりといへるは未だ聞かぬ事なり。善知鳥は外ヶ浜にもいと〳〵稀なり。今、松前の小島にこの鳥多く、昼は海にあさり、暮ゆく頃は蠅のむらがるやうに、小島に帰りて皆穴に入りて寝ぐら求めぬ。明くれば窕より出でて海に入る。さりければこの鳥を窾鳥《ウタフ》といへり。元、空《ウナ》ふより出たる鳥の方言なり。又鴮と書ける文字もいちじるしく知られたる也」

(26)「うとう考」前掲書、五〇九頁「松前にては小島鳥といふ。この鳥の糞にて小島草この草を元禄の頃、皇都に奉り、大内にめされて璧玉草といふ名を給ひしよし。この草、縷斗草《オダマキサウ》といふに似たり。□□の花咲きて、大に異なれどおをまたと云ふ人あり。余この種を施しぬも出生す。又色もいとよし。小島鳥に品あり。ある人の云ふ、善《ヨシ》千鳥悪《アシ》千鳥といふあり。そをうとふ安方のふた草とも云へり。又よな鳥は夜鳴鳥にや。曲亭が記に出たり。善鳴鳥《ヨナトリ》にて善知鳥の誤にや。又浦人の云ふ小島鳥に繋七里《ツナキシチリ》とて二種あり。つなぎは烈しき鳥にて、嘴の辺りに鈎刺《カギバリ》ありて鰯などの小魚をさしつき持ちたくはへて喰ふといへり。七里は七里が灘もむれつゞきてあさるよりいへり」

(27)『そとがはまづたい』前掲書、四五九〜四六〇頁「はた、此二本木のほとりより、いまの、うとふの林のあたりまで大沼のありたりけん。それをうとふぬまとて、うとふ鳥のむれすみ、この山の森にも多かりけん。こゝに来鳴たるといひつたふその鳥は、今七里ともつなぎともいふ。都奈者は觜に鍼のごときものありて、うるめ、いはしなど、さゝやかの魚をひしひしとさし貫きあさり、斯知里は、七里の灘も磯辺も見えぬまで多ければしかいふとも、又、しちりとつなぎとはおなじからじとも申き」

(28)内田武志「うとう考」前掲書、五〇五頁。

(29)「うとう考」前掲書、五〇九〜五一〇頁「この鳥、津軽の外ヶ浜にいと〳〵多く浜田浦畑に佃《ツク》りたる稲粟をふみちらし、群来て穴を掘りうがちて窠《ス》める。浦人これを愁《ウレ》ひて皇都に訴へまゐらせしかば、人多く給はりて、夜の内に網をはりわたして、年毎に此鳥をとらしめ、又窕を掘りこぼちて、雛と卵も皆捕しめ給ひしとなむ。暮れては海より帰るをまち、又夜深くも捕れば、水鳥の雫下、雨のごとくふれば蓑笠を着て捕るべし、そこを以て蓑を着て取るなども歌によめるにや。此の窕鳥の夜深くおどろかれて鳴くを、夜鳴鳥とも云ふか。(中略)善知鳥は年々数多捕りて穴を掘りてつがね埋めて大塚にこめて、その上に祠を建て、鳥の霊を斎りたまひしとなん。その神社は元青杜《アチモリ》とて、今の青森の里離れの田の中に、山の木とも、山の木林ともいふ所にありしを、この青森の里、出来て安方町の背《ウシロ》に遷し奉りて、鳥頭明神とまをし、棟方の神を祭り奉るなり」

(30)明治九年(一八七六)編纂の『新撰陸奥国誌』

巻四に「烏頭神社由来書」を引き、陸奥に配流された善知鳥安方という貴人のことを記す。西国の配所で没した子の魂が雌雄の鳥と化して父母のもとに飛来した。土地の猟師が雄を射殺したところ、雌が怨んで数万の化鳥となって民を苦しめた。そこでこれを祀り災禍を鎮めたという。みちのく双書第十五集『新撰陸奥国誌』第一巻、青森県文化財保護協会、一九六四年、一〇二〜一〇三頁「社伝烏頭神社由来書を按に昔し善知鳥安方と云る霊徳智勇の人あり一旦讒者の為に権威を失ひ東夷に適せられ子某は西国に竄せらる安方は陸奥の国津軽に来り（中略）西国にて身まかれる子の雌雄の二つの鳥と化して父母の行末を尋ね来るなりとそサルを猟師謬て雄を射けるに雌此を怨みて鳥化して数万と成り田畑を荒し民家を悩す事限りなし因てみて善智山養川寺と云る一浄刹を建立し此の鳥を祀りしかは其災除きしと云」

この説話は真澄の「善知鳥考」にただちに接続しないまでも、類似の伝承が流布していたことを示唆する。第一章で言及した『運歩色葉集』に、流刑者の亡魂が鳥と化したことが記してあった（第一章注（15）参照）。ここでも物語の類似性が注意されよう。以下を参照。浪川健治「善知鳥考」日本歴史学会『日本歴史』四八五号、一九八八年、五八頁。

(31)「うとう考」前掲書、五一〇頁「又安潟とは、出羽陸奥に安の木といふもの、わきて多し。その木ども岸に多くしげりたる潟にてやありけん。このわたりの人、湖水をなめて潟といへり。この地にいと〳〵大なる湖水ありて、その辺に安の木多く生ひたるより安潟てふ名におひ、その水に窕鳥は養りけんかし。（中略）東鑑に有《ウ》多《タ》宇《ウ》末《マ》井《イ》之《ノ》梯《カケハシ》とあるも、窕前にて、そは津軽の外ヶ浜の麻蒸の浦の秋津《アキツ》蝦夷人の名なりが窟《ウタウ》の下に掛たり。窕前の梯といふを、しか訛いひしをそのま、記せるなるべし。今頭前梯《トウマエバシ》と省語に呼びなせり。窕崎、空《ウタウ》山、空坂、いと多し。うとう鳥は空鳥、安方は安木生えたる湖《カタ》なり」

(32)『かせのおちは』六「雪ノ出羽路雄勝郡条九郷」菅江真澄全集第十一巻、一九八〇年、二二一頁「沖沢支村　むかしは、海のみならず、河にも池にも沖といひしと見えたり、此処も河辺にしあれば、沖といふにや、また、奥といふ事を、沖ともはらいへり。正一位稲荷大明神、窊坂《ウトフサカ》に座《マセ》り。此空《ウトフ》坂、出羽陸奥にいと〳〵多し、おのれ書し、善知鳥考、しの、葉艸につばらに此坂の事をいへり」

(33) 内田武志「解題『かせのおちは』」菅江真澄全集第十一巻、五三二頁。

(34)『しののはぐさ』菅江真澄全集第十巻、一九七四年、三三二頁「善知鳥社《ウトウノミヤシロ》　烹雑《ニマゼ》の記滝沢解編、多湊《サハド》ぶりノ条に、佐渡は、さはどの中略也。さは多也、とはみなとの上略也、云々。佐渡ノ国雑太《サハタ》ノ郡相川の鎮守を善知鳥《ウトウ》大明神と号す祠官市橋摂津。神明、春日の両社、同所に相並て立せたまふ、これを相川の三社と称せり。土俗《トチビト》の説に、善知鳥《ウトウ》の神社《ミヤシロ》は、周ノ景王の御女《ミムスメ》を祭るといへり縁起甚しき怪談なれば録するに堪ず。こは妄誕なるべし。異朝の公主を祀ることありとも、いかで神明、春日を左右にしたてまつるの理あらむや。祭る神こそ定かならね。善知鳥《ウトウ》は出埼といふがごとし。陸奥の方言に、海浜《ウミヘタ》の出崎をうとふといふ。外浜《ソトガハマ》なる水鳥の嘴は太くて眼下肉つきの処高く出たるあり。故《ユヱ》にこれをも、うとふといふ。彼鳥の嘴に喩[以下欠]」

(35)『しののはぐさ』断簡、菅江真澄全集第十二巻、一四一頁「善知《ゼンチ》は善鳴《ヨキ》の誤にやまた浦人の云く小嶋鳥も。繋《ツナギ》七里とて二種ありつなきははげしく　式の兎足ノ神社也また東鑑に有多宇米之梯とあるも窊前《ウトフマヘ》にてこは津軽の外か浜の麻烑《アザムシ》の浦の秋津蝦夷の名也の窟の下にかゝりたり窊前《ウツホマヘ》の梯といふを訛ミを其まゝ記せるなるべし頭前梯と省していふ也。其外窊碕空坂空山なといと多し。うとふ鳥は空鳥安方安ノ木生る湖也よな鳥は夜鳴鳥也善知鳥は瀬千鳥也ちゞりと字にあてて作つるよしにこそ」

(36)『ふでのまにまに』巻五、菅江真澄全集第十巻、一二八頁「うとほのやしろ　津軽の青杜《モリ》に鴇《ウトホ》明神ノ社あり。此神社《ミヤシロ》は、古《モト》は山の木林《キバヤシ》といふ処に在りしを慶長ノはじめのとし、安潟町《ヤスカタマチ》の近きにうつせり。此社に斎《マツ》る神、三女神にて宗像《ムナカタ》ノ神とまをし奉るといへり。いにしへ鴇といふ鳥、田畠に佃《ツク》るものをふみしだきせんすべなう狩りつくし、その鳥のむくろを埋み塚の上に社をたて、後鴇明神と申奉る。その鳥は、空《ウト》にのみ栖《スメ》ば、うつぼ鳥といふべきを、うとふとのみぞ云ひける。穴ある木を空木《ウタフキ》、穴ある坂を、うたふ坂と言《イヘ》り。おのれ書《カキ》し、鴇考といふ一巻《フミ》に、此事つばらかにのせたり。宗像ノ社は筑前ノ国、大和国、また山城ノ国に在り。名寄に、つくしなるむなかた山の西にすむ翁の君と戦をこそいへ、とよめる歌あり。また三河ノ国なる鵜《ウ》足《タリ》神を訛て、うとふとの社と唱ふ。そこを宇《ウ》頭《トウ》村とて駅路《ウマヤヂ》也。三河にも、うとうの社の名あり」

(37)『雪の出羽路平鹿郡』菅江真澄全集第六巻、一九七六年、一九〇頁「鵜《ウ》飛田《トブタ》　同記［郡邑記］に、善知鳥蓋《ウトブタ》家員五軒、家員五軒、亀田領由利郡矢嶋領ノ内雑魚《ザコ》又《マタ》ト云処ニ境、御領は大台一本木ヨリ山嶺続キ水落次第と見えたり。其世も五軒、今も五戸あり。善知鳥蓋はあやしき名ながら、仙北ノ郡仙ヤ谷の枝郷に善衙村あり、また河辺ノ郡の平尾《ヒヨ》鳥《トリ》の枝郷に善知鳥村あり、また踏《フメ》ばしと〳〵鳴《ナ》る坂あり、そを善知鳥坂とて処〳〵在り、そはみな空虚《ウツホ》ノ地《トコロ》也。外が浜なる善知鳥《ウトウドリ》も、今は松前の海にのみ在りて小鴨《コカモ》のごとき鳥《トリ》也。此鳥松前の小嶋の穴に塒すれば小嶋鳥といふ、土に阬《アナホ》を穿りて窠《ネグラ》とす。空虚鳥《ウツホトリ》てふ事也。都保ノ反登也。うと鳥てふことをうとゥどりとはいふ也。こは此処《ココ》によしなき長事《モノガタリ》ながら、いまだえ知らぬ人のために、しかなめげながら語る也」

(38)『月の出羽路仙北郡』菅江真澄全集第八巻、一

九七九年、一二五頁「花をかしみづ　千屋邑五
此村、東は善衛山うつほ山をしかいふなるべしにて南部
畍也」

第七章注

（1）『玉勝間』六の巻、本居宣長全集第一巻、筑摩書房、一九六八年、二〇一頁「神ノ社ならぬも、いにしへに名あるところ〴〵、歌枕なども、今はさだかならぬが多かるは、かゝるめでたき時世《トキヨ》にあたりて、尋ねおかまほしきわざ也、かくて神の社にまれ、御陵にまれ、歌まくらにまれ、何にまれ、はるかないにしへのを、中ごろとめうしなひたるを、今の世にして、たづね定めむことは、大かたたやすからぬわざになむ有ける、其ゆゑをいはむには、まづ此ふるき所をたづぬるわざは、たゞに古への書どもを考へたるのみにては、知リがたし、いかにくはしく考へたるも、書《フミ》もて考へ定めたることは、其所にいたりて見聞けば、いたく違ふことの多き物也」

（2）菊池勇夫「菅江真澄の著作と学問について」『真澄学』四号、二〇〇八年、一三八頁。

（3）山田洋嗣「外の浜」久保田淳・馬場あき子『歌ことば歌枕大辞典』角川書店、一九九九年、四八五頁。

（4）『いわてのやま』菅江真澄全集第一巻、四四七頁「もとも名所などは、遠きさかひもおもひあはせてよみつべけれど、壺のいしぶみ、外がはま風など、みな、近となりのみながめたる歌のいと多し。さりけれど碑のすがた見ざれば、何をもて家つとと、見ぬ友がきに語らん　と馬の上にてくちずさみ、ふたゝびこゝに来て、ひねもすつばらに尋ねてんと、あしとくをはせくれば、日ははや烏帽子山におちかゝり（下略）」

（5）『くぼたのおちぼ』「あまだてのゆゑよし」菅江真澄全集第十巻、四二〇頁「人見寧子安の編集《カケル》、黒甜瑣語てふ書《フミ》五帙あまりあり。いと〳〵おもし

ろきものにて、その筆心《フミデ》の功《イサチ》おもひやるべし。さりけれど、実地《ソノトコロ》を踏《フマ》で人の物語《モノガタリ》のみを聞て、先ッ筆をとれりと見えて、国ところ、東西、時世のたがひもあらんかとおもはるゝ処あり」

（6）「真澄墓碑銘」柳田國男『菅江真澄』創元社、一九四二年。再録、柳田國男全集第十二巻、一九九八年、五七一頁「かしこきや殿のみことの「仰せごといたゞき持ちて「いそのかみ古き名どころ「まきあるき書けるふみをら「鏡なす明徳館に「こと〴〵にさゝげ納めて「剣太刀名をもいさをも「よろづ代に聞えあげつる「はしきやし菅江のをぢがをくつきどころ「文政十二年己丑七月十九日卒年七十六七」

（7）『粉本稿』「序文」菅江真澄全集第九巻、一九七三年、一三頁「われ〳〵をめぐりありきて、世にことなれるところ、ことなれるうつわ、ことなるためしにこゝろとまりて、こをかいうつして、あかおやに見せ奉らまくほりし、はた見ぬ友かきのためにもと、をよひなき筆にまかせて、そのかたのあらましをうつして、ふるさとにもていたりて、かゝるくま〳〵のこりなふつくり画の工なる人にかたらひて、ものせむと、かたほなるさまになにくれとかいのせ侍りぬ。秀雄　ひろひみるゑしまか磯のかいあらは世にかきなかせみつくきのあと」

（8）佐伯和香子『菅江真澄の旅と和歌伝承』前掲書、七頁。

（9）塚本学「菅江真澄と三河の文人たち」『真澄学』四号、二〇〇八年、一八頁。

（10）新行和子『菅江真澄と近世岡崎の文化』桃山書房、二〇〇一年、七三頁。

（11）『はしわのわかば』菅江真澄全集第一巻、三八三頁「一とせの夏尾張の国名古屋にて、五ッ六ッ斗リなる男子《チノワラハ》をいざなひ、ものにまゐりけるとて人あまたうち群れ行クに、霍公《ホトヽギス》の頻リに鳴クを此稚《チサナ》子《ゴ》の聞ィてうち笑ふを、人々、若子《ワコ》はいかに聞キしか、某《ナニ》と鳴クぞと問へば此童《ワラハ》、父《トツサ》へ母《カヽサ》へ、といらふを聞て、居ならぶ人みな、おとがひをはなちて、はと笑ひし事あり。其子麻疹《アカモガサ》やみて死《ミマカレ》り。その親どもは、時鳥は、うべも黄泉《ヨモツ》の鳥か、かの国より、はやこ〳〵と父母を呼かと初音より血の涙を流して、霍公の鳴けば、あなかなしと、耳をふたぎし事ありしを思出たり」

(12) 野村純一「菅江真澄の方法――「童物語」をめぐって」『昔話伝説研究の展開』三弥井書店、一九九五年、七頁。そこには信濃の川で命を落とした童子の話も加えられている。『いなのなかみち』菅江真澄全集第一巻、二一～二二頁「あなあやうの橋や、此あら川にといへば、さにてさふらふ、此三日よか前なる日、まねぐりする十あまりのわらは、子引つれたる馬にのりてかへりくる夕ぐれつかた、馬の子の、ちぶさ、さがしもとめんと、母うまのはらにくびさし入て行〳〵、おやうまの、おどり〳〵てあしなんふみおとし、橋の半にして、うま人ともに、さばかりはやきあら瀬の浪におちて、はる〴〵とながれ〳〵て行を、おくれ来るまねぐりの女、遠めに見て、わが馬はのり捨て、いそぎ来りしかどすべなう、声をかぎりに叫びたりければ人々集りてけるほどに、馬は遠方の瀬より高きしにとびあがりつれど、童ははやせの浪にいざなはれて、いづこかにまぎれうせたり。はかなきことおもひやるべし。人あまた来て、水そこを尋ね〳〵わたれどあらざりければ、遠つあふみのしほせにながれ入て、鰐にやくはれなんど、母はせ来てふしまろび、河原の石の上に、かしらうちあててなげけど、いふかひなう、きのひしがらみにゝりしとて、筏もりの見つけて、ほね斗なるをとり来しなどかたる」

(13) 『いなのなかみち』菅江真澄全集第一巻、四〇頁「十三日　くれなんころほひ、めのわらは、七日のゆふべにひとしうよそひたち、おほ輪にござれ、丸輪にござれ、十五夜さんまのわのごとくとうたひ、さゝらすり、むれありく。手ごとに、まつ持出て門火たく。はた、五尺斗の竹のうれに、たえまつもやしたるけぶり、むら〳〵とたちむすびあひて、空くらし。やに入り、たままつりする、あか棚にむかへば、世になき母弟の俤も、しらぬ国までたちそひたまふやと、すゞろになみだおちて、水かけ草をとりてながめたり。この夕ありとおもへばはゝき木やそのはらからの俤にたつ」

(14)『えぞのてぶり続』菅江真澄全集第二巻、一五七頁「その処や、ふるみやどころにて、ゆへあらんか。行さきにたちて、いはけなき童のよく歌唄ふ。こは奥あるわら［わ］の唄ふ一ふしやといへば、しりよりくる人の聞て、はたとせのむかし、ゐやみのやうなるやまうはやりて、人あまたほろびさぶらひしとし、このやまのあなたなるシカべの磯の畑佃りが娘、としは十あまり六といふが、病にふして、今は身まからんといふとき、さばかりおもきいたはりの床に、さとおき居、ひざまづきて、聞たまへや、わが父母といふ。人々、こはねちのつよさに、又あらぬわざをしてけるならんとおもふに、誰れもゆくものあの山かげにわれも逝くものあとさきに　といふうたを、おのれとつくりいでて、三度うち返し〳〵て唄ひ、ねぶるやうにふしをはりぬ。父母のなげきやおもひやるべし、けうの女にこそありけめと、しらぬものがたりに、ゆく袖ぬれて、遠う来けり」

(15)『おくのうらうら』菅江真澄全集第二巻、三四六頁「廿三日　あけなば地蔵会なりけりとて、きのふよりかり小屋たてて、なにくれまうけたるに、午未の頃より村々里々の人あまた来集り、国々のすぎやう者、かなつゞみをうち、鈴ふりまぜて、あみだ仏をとなへ、卒堵婆つかの前にはいかめしき棚を造り、薄かりしきて、高やかのいたやの木ふたもとを左右にたてて、からほひ、なでしこ、女郎花、紫陽花、連銭、馬形に、なゝのほとけのはたかけて、あかそなへたるに、御堂より柾仏とて、そぎたに書たるをひともと、六文の銭にかへて、老たるわかき男女、手ごとにもちいたり、この棚におきて水むすびあげ、あなはかな、わが子と見し孫子よ、かくこそなり行しか。わがはらから、つまよ子と、あまたのなきたま呼びになき叫ぶ声、ねんぶちの声、山にこたへ、こだまにひゞきぬ。おやは子の子はおやのためなきたまをよばふ袂のいかにぬれけん　ちいさき帒の中より、うちまきいだして水そゝぎたる女、あが子が、さいの河原にあらば、今一め見せとてうちなげきて、しぼみたるとこなつを、此たなのうへにおきたる。女にかはりて、をふしたてうえざらましを撫子をけふの手向に折るとしりせば　くれ行ば、あまたの人々むれありき、おもふ人に物いひ、はくやうにか、づらひての、しり、うば堂、食堂、尊宿寮、小家〳〵までこゝらの人の入みちてければ、ふしどころなく、どよみありく声にまじりて山鳥の明ん鳴たり」

(16)『おくのうらうら』三四六〜三四七頁「廿四日夜は明けなんころほひ、こゝらの人、南無からだせんの延命ぼさち、むつのちまたにおはしまし給はゞ、あがよみのくるしみをのぞき、たのしきをあたへたまへ。十くさのさちをたばひ給ふの、おほんちかひのあなたふとさとて、なみゐて、ねんずおしもみ、ぬかにあてゝふして、いたゞきの帽の落ちるもしらで、わが子、むま子のなきたまをかぞへ〳〵てなみだおとし、あるは、はしら、板戸によりて夢見たるも、夜あけはてぬればむれたち、円通寺の大とこ払子とりて、からだせんの御前より地ごくの辺くま〴〵残なく、みず経しめぐり、此たま棚に至り給ふに、又はせ集りはてたり。人みなしぞきぬる午未のころ、田なべより、馬曳てむかひ来れば帰りぬ」

近世における恐山大祭の規模を伝える資料として『おくのうらうら』の記事が注目されている。櫻井徳太郎『日本のシャマニズム』上、吉川弘文館、一九七四年。再録『日本シャマニズムの研究上――伝承と生態』櫻井徳太郎著作集5、吉川弘文館、一九八八年、一五三頁。

(17)『津軽一統志』にも同じ歌がある。「陸奥の外の浜なる呼子鳥鳴くなる声はうたふやすかた」とある（第五章注（9）参照）。真澄が謡曲『善知鳥』と『津軽一統志』のいずれに拠ったか、あるいは別の書物に拠ったかはわからない。

(18) 細川純子『菅江真澄のいる風景』みちのく書房、二〇〇八年、一八〇頁。

(19)『くめじのはし』菅江真澄全集第一巻、一五三頁「政員がやにとへば、あるじの母なん、みづわざしたる姿して出たちけるに、ふたたびとひ侍らんといへば又とのたまへれど、わが身すでに老いたり。かく、ぼけ〴〵しうなりては、ゆふべの露ともたのむべき命なければ、けふをかぎりの別にこそあらめと涙をさきだてて、長き旅路をはやめぐりて、父ははにまみえてあれ、われだに、ひとりうき旅にと思へば、さぞやおぼしてんと涙にしはぶきまぜて、わが子をおもふがごとにいひけるに、わがははの袖もち撫て我からに哭しこゝろをわすれえぬかも、とずして、いよおやます国の恋しう、いかなるすぐせにや、かく人のおやの心の、やみにおもひやまへらんと、なみだをとどめて、いかなれば老のなみだの袖にかゝるなさけをえやはわすれん」

(20)『まきのあさつゆ』菅江真澄全集第二巻、三八一頁「廿二日　風いやふきにふけば、こよひばかりはとてとゞめられて、いねたる夜半に、まかぢとる音にやと聞は鶴の行にこそ。よるのつるなれもわすれず子を思ふ親ます国のいとゞ恋しき　此ながめにひとりなみだおちて、やゝいねつくやとおもへば、ふるさとにかへると見ておどろきてさめたり。おもひやる袖に時雨はふる里のはゝその梢ち、のもみぢ葉」

(21)『おくのてぶり』菅江真澄全集第二巻、四五一頁「十六日　みやこのいづらともおぼえず、清らなるとのつくりにわが父母おましまして、旅衣たちかへりつる夕とおぼえて、いましは、ひなの長路にとし月をへて、こうじたるおもひもなう、たゞ月花のあはれにのみうかれ、それをたのしきことにありき、しほ風、日かげに、おもてのくろみたるのみに、たびやつれたるけもなう、と、うち笑ひたまひつるとおもへば、とりの声に夢やぶれ、鴉のもろごゑ、軒ばのすゞめの声のみ残りぬ。なれもさぞしたふやすゞめむらがらすこは父となきこは母となく」

真澄の歌に対する柳田の評価はかんばしくないが、「その一首の歌だけは、悠々として我々の胸に沁み入るものがある」と讃えている。柳田國男『菅江真澄』再録前掲書、五〇七頁。

(22)『つがろのおく』菅江真澄全集第三巻、五九頁「ふづくえの上よりおちゝりたるは、手ならひにかいすてたるふみどものあるが中に、あが末の子ふんわらはとなりて、ものまねびやにやる。そが別になりてとかいて、おくに、橋ばしらしるせし文を思ひ出て花のま袖のかざしをぞまつ　とは、茂肅のうたなり。又ひとくさは女の手にて、をるはたをたちし教を身につみておもひなよせそふるさとの空　とありけるは、司家子のよめるなりけり。こは、わきてあはれもいと深う、惟一の、ものならひに弘前に行けるとしりぬ。たらちねのおやの子を、になうおもふをく、さもこそあるべけれとおもふにも、あが父母のいます国のいとゞ恋しう、なみだほろ〳〵と、ちゝは、のまちやわぶらん小車のわもいとはやくめぐりあはまく」

(23)内田武志「うとう考」菅江真澄全集第十一巻、五〇七頁。

(24)真崎勇助『酔月堂漫録』巻十五、菅江真澄全集別巻一、一九七七年、一八頁「菅江氏家方「鶏羽軒百歳翁伝来浪花薬十二方之内「寿生散　一名　寿星散「上祖白井太夫より七代の孫白井秀菊

翁、産婦に良薬をあたへて民村に草庵を造り、鶉羽軒といふ。又寿星散を制りて人にあたふに、その里に難産のなき事をあやしミて、秀菊翁は神仙ならむといへり。此翁の寿を問へバ、八旬余りの頃より百歳なりといへり。其玄孫五十歳なるをバ自ラの年をもて翁の寿を算ふれバ翁ハ百卌余歳ならむとて大和路にいにきとのミ云伝ふ。「其片「吉羅良　侅摩度　百零　能都智八十零　丹砂一泉零「文政六年夏五　菅江真澄「渡邉公「産後「サフラム　当皈　川芎　桂枝　白伏苓　芍薬　甘草少」

(25) 竹村治左衛門『伊頭園茶話』菅江真澄全集別巻一、一一三頁「三河国熱海郡雲舟ノ荘入文村白井氏某之二男菅江真澄、菅公之家臣白太夫之末孫之由、白井氏なるを菅井とまきらし候事、真澄翁ある時ひそかに咄致候を愚父書留置」

(26) 内田武志『菅江真澄研究』前掲書、一頁。

(27) 中村幸彦「菅家瑞応録について」太宰府天満宮文化研究所編『菅原道真と太宰府天満宮』上、吉川弘文館、一九七五年。再録、中村幸彦著述集第十巻、中央公論社、一九八三年、三七二頁。

(28) 中村幸彦「白太夫考――天神縁起外伝」『文学』四五巻八号、一九七七年。再録、中村幸彦著述集第十巻、三七八頁。

(29) 『道明寺』伊藤正義『謡曲集』中、新潮日本古典集成、一九八六年、三九三頁「われは天神《テンジン》のおん使《ツカイ》、名をば誰とかしらたいふの、神《シン》と申すおきなぐさの、霜曇《シモグモ》りしてんげりや、霜曇りに失せにけり」

(30) 白井永二『菅江真澄の新研究』おうふう、二〇〇六年、二五九頁。

(31) 菊池勇夫『菅江真澄』吉川弘文館、二〇〇七年、一一頁。

(32) 『かせのおちは』三、菅江真澄全集第十一巻、一九八〇年、一一〇頁「伊勢国上山宮祭者祭妙見菩薩事　神国決疑編中十九帋山宮ノ祭神者。祭妙見菩薩也。妙見菩薩者度会姓遠祖大神主飛鳥苗胤。

大内人高主女大物忌子也。貞観元年十一月十五日。沈御贄河卒時年十五。即時従御贄河淵底。得妙見星童形像。奉居尾部陵以西小田岡崎宮霊地。以祈氏人繁栄尊像今尚存焉。爰貞観二年十一月十五日。高主生子。一胞二男。宗雄冬雄是也。同三年十一月十八日。亦同胞二男子。春海秋並是也。同四年十一月十五日。亦同胞二男子生。冬綿春彦世伝与菅聖友崇祀白大夫神是也是也。仁和四年十一月十八日神主春彦時年廿七任妙見尊王霊託。率氏人等。向清浄山谷。奉祭妙見大菩薩日光月光。今号山宮祭是也」

(33)『菅原伝授手習鑑』第三「佐太村」景山正隆編『校注菅原伝授手習鑑』笠間書院、一九七七年、一〇四頁「菅丞相様のふつて湧た御難儀。お下に住むおら、が身祝ひ所じやなけれど。せにやならぬさかいでするはするが。世間へも遠慮が有で。彼岸団子程な餅七つ宛配つたは此四郎九郎丁七十。此春年頭のお礼に登つた時おらが年をお尋。七十と申たりや。古来稀な長生。其上めづらしい三つ子の爺親。禁裏から御扶持下され。躬共は御所の舎人目出たい〳〵。産れ月産れ日。産れ出た刻限違へず七十の賀を祝へ。其日から名も改とて。ノウ聞しやれ。伊勢の御師か何ぞの様に白大夫とお付なされた。則今日が誕生日。白黒まんだらかいは掃溜へほつてのけ。けふから白大夫といふ程にそふ心得て下され」

(34) 新行和子『菅江真澄と近世岡崎の文化』前掲書、三七頁。

(35)『くぼたのおちぼ』「あまだてのゆゑよし」前掲書、四二〇頁「誰とてもまさにそれとはえしらじを、大江戸より板《イタ》にゑりて出たる、瀧澤氏の玄同放言いと〳〵珍らしき事のみ多かれど、秋田の島遊びのたがひ、山牡丹のくだりならんか、煙霞綺談を引て三河の京丸を遠州とかけり、此事は牡丹の事を云はむとて、筆のまに〳〵にも書けり」

(36) 曲亭馬琴『玄同放言』日本随筆大成第一期5、吉川弘文館、一九七五年、四三〜四七頁「匠材集

第三こ部云、こさふくは、えぞが息なり、海に入て浮あがり、塩をふくなり、いきは霧のごとく曇るとなり、角笛のやうなるものともあり、といへり、こはみな推量の説なれば、従ひがたし。(中略) ひとり橘南谿が東遊記に見たる、胡砂の図説、是に近かり、その書巻四云、えぞの地方は、陰風常に烈しく、胡塵空に満るが故に、胡砂吹ば曇もやせん、とよみたる宜なりといへり、しかれども、胡沙を胡砂として、証文を引ざれば、これ将推量の説に似たり。按ずるに、胡沙は唐ノ王維が詩に出てたり。(中略) 胡沙は彼ノ地の方言ならぬに、よしや彼処の人に問フとも、いかにしてその実を得ん、東遊記の作者は、親しく彼ノ地を踏にきといへば、胡沙てふものを会得せり、遥けき旅宿の甲斐はあれども、書《フミ》見る事のこゝにおよばで、故事ありとしもいはざりけり、これらの人に王維が詩を、見せざるを遺憾とすべし」

(37)『ふでのまにまに』菅江真澄全集第十巻、七〇頁「橘ノ南谿が東遊記に、胡砂とて木螺《キガヒ》の図《カタ》を世の人のそら言《ゴト》して、それとしらしめしよりそれと迷ふ人多し。此木螺出羽陸奥にて人呼ぶにも吹ぬ。木具は角《ハラ》のたぐひにこそあらめ、胡砂にてはあらじかし。また玄同放言といふ書《フミ》を近キころ江戸の瀧澤吉甫といへる人編《カケ》り。こゝろひろき人にて書《フグ》車《ルマ》の如にあらゆるふみどもをひき載られたり。そが中に湖沙、胡砂なンどの事をさとし聞え、またもろこしの王意《(マヽ)》が詩《ウタ》の意もて人にさとして己佐《コサ》の事を証《アカシ》つばらかに聞へたれど、吾《オノレ》また心に思ふ事をそれと云ひ出ぬもこゝろぐるしければ、其事を筆のまに〱此《コヽ》云《ニ》む」

「こさ」の語源に関しては、近代のアイヌ語研究において、新村出と金田一京助がともに古来の解釈を支持している。それはアイヌの「息」の語に由来するとした説であり、人間の息に呪力があると信じられていたという。「胡沙」すなわち胡地の砂塵とする橘南谿と曲亭馬琴の説、「胡笳」すなわちアイヌの笛とする最上徳内と菅江真澄の説はいずれも否定される。金田一京助「胡沙考」『金田一京助全集』第六巻、三省堂、一九九三年、一五七〜一五八頁。

(38)『ふでのまにまに』七三頁「おなじ玄同方言に秋田ノ嶋沼のくだりに、出羽国村山郡山形の奥なる浮嶋大沼荘置賜郡は東遊記五巻に載たり云々。同国秋田ノ郡寺内に程近き嶋沼にも奇観あり云々、又秋田檜原両郡といへり。これを考《オモ》ふに、檜原といふ処なし。また山本郡に野田と云ふ処なし。秋田郡に野田はあれど大沼はなし。おのれ、みちのくいではのくぬちめぐりて三十《ミソ》とせあまりもありて、あやしう珍らしと聞ヶば分見めぐり、凡《オホヨソ》はいではの秋田六郡もつばらかに分見たり」

真澄の馬琴・南谿批判に関しては以下を参照。菊池勇夫「菅江真澄の著作と学問について」前掲論文、一四三頁。

(39) 細川純子『菅江真澄のいる風景』前掲書、三四〇頁。

(40) 錦仁『なぜ和歌を詠むのか』前掲書、九四頁。

(41) 第六章注(37)参照。

(42) 真澄は『にしきのはま』の序に、「このひとまきは、陸奥の津刈路に在りて見しところ〴〵をかいしるしたるが、うち散てありしを、それがまゝにかく集めたれば、はじめ、をはりもさだかならじ。(中略) 出羽の国齶田路にゆかまく鰺が沢のみなとべに来るまで、二とせあまりの事をかいませて冊たるものか」と記した(菅江真澄全集第三巻、二六三頁)。出羽の国をめざして享和元年(一八〇一)に西津軽郡鰺ヶ沢に至り、十一月に津軽領を出て秋田領に入った次第だが、前々年の寛政十一年(一七九九)四月に津軽藩採薬御用を免ぜられてからここまでの二年半、日記に空白がある。その間に何があったのだろう。薬草採集にあたり領内の移動を許されたことが、かえってあらぬ嫌疑をかけられるきっかけとなったのか。著述はすべて押収され、藩にとって不都合な箇所は削除されたという推測もなされている（内田武志『菅江真澄の旅と日記』未來社、一九七〇年、一七五頁）。上掲の序の惨憺たる書きようはそれを彷彿させる。うとうに関する文書も、あるいはそこに含まれていたかもしれない。これは今後考究されるべき課題である。

補遺

謡曲『善知鳥』

例言

謡曲『善知鳥』の本文を以下にもとづいて示す。ト書きは省いた。本文の現代語訳ならびに引用も同書による。

小山弘志・佐藤健一郎校注『謡曲集』2、新編日本古典文学全集、小学館、一九八九年、二〇八～二一八頁。

ワキ「これは諸国一見《いッけん》の僧にて候。われいまだ陸奥外《みちのくそと》の浜《はま》を見ず候ふほどに、このたび思ひ立ち外の浜一見と心ざして候。またよきついでなれば、立山禅定《たてやまぜんぢやう》申さばやと存じ候。

ワキ「急ぎ候ふほどに、立山に着きて候。心静かに一見せばやと思ひ候。

ワキへ　さてもわれこの立山に来て見れば、まのあたりなる地獄の有様、見ても恐れぬ人の心は、鬼神《きじん》よりもなほ恐ろしや。山路《さんろ》に分つ巷《ちまた》の数、多くは悪趣《あくしゅ》の険路《けんろ》ぞと、涙もさらに留め得ず、〳〵慚愧《ざんぎ》の心《こころ》時過ぎて、山下《さんげ》にこそは下《くだ》りけれ、山下にこそは下りけれ。

シテ「なうなうあれなる御僧《おんそう》に申すべき事の候。

ワキ「何事にて候ふぞ。

シテ「陸奥《みちのく》へ御下《おんくだ》り候はば言伝《ことづて》申し候ふべし。外の浜にては猟師《れふし》にて候ひし者の、去年《こぞ》の秋みまかりて候。その妻子《さいし》の宿を御尋《おんたず》ね候ひて、それに候ふ蓑笠《みのかさ》手向《たむ》けてくれよと仰せ候へ。

ワキ「これは思ひも寄らぬ事を承り候ふものかな。届け申すべき事は易《やす》きほどの御事にて候さりながら、上《うは》の空《そら》に申してはやはか御承引《ごしょういん》候ふべき。

シテ「げにたしかなるしるしなくてはかひあるまじ。や、思ひ出でたりありし世の、今はの時までこの尉《じょう》が、へ 木曾《きそ》の麻衣《あさぎぬ》の袖《そで》を解きて、地謡〽 これをしるしにと、涙を添へて旅衣《たびごろも》、涙を添へて旅衣、立ち別れ行くその跡は、雲や煙の立山の、木《こ》の芽も萌ゆるはるばると、客僧《きゃくそう》は奥へ下れば、亡者《まうじゃ》は泣く泣く見送りて、行く方［かた］知らずなりにけり、行く方知らずなりにけり。

ワキ「言語道断《ごんごだうだん》かかる不思議なることこそ候はね。やがて猟師の屋《や》を尋ねうずるにて候。

ワキ「外の浜在所の人のわたり候ふか。

アイ「外の浜在所の者とお尋ねは、いかやうなる御事にて候ふぞ。

ワキ「この所において、去年《こぞ》の秋の頃身まかりたる猟師の屋を教へて賜り候へ。

アイ「さん候《ざうらふ》 去年の秋身まかりたる猟師の屋は、あれに見える高《たか》もがりの内にて候。あれへ御出であつて、心静かに御尋ね候へ。

ワキ「ねんごろに御教《おんノし》へ祝着《シうちやく》申して候。さあらばあれへ立ち越え、心静かに尋ねうずるにて候。

アイ「御用の事候はば、重ねて仰せ候へ。

ワキ「頼み候ふべし。

アイ「心得申して候。

ツレへ げにやもとよりも定めなき世の習ひぞと、思ひながらも夢の世の、あだに契りし恩愛《おんナい》の、別れの跡の忘れがたみ、それさへ深き悲しびの、母《はワ》が思ひをいかにせん。

ワキ「いかにこの屋の内へ案内申し候はん。

ツレ「誰《たれ》にてわたり候ふぞ。

ワキ「これは諸国一見の僧にて候ふが、立山禅定申し候ふところに、その様すさましげなる老人の、陸奥へ下らば言伝《ことづて》すべし、外の浜にて猟師の宿を尋ねて、それに候ふ蓑笠手向けて賜り候へと、申すべきよし仰せられしほどに、上《うは》の空《そら》にてはやはか御承引《ごしょういん》候ふべきと申し候へば、その時召されたる麻衣《あさぎぬ》の袖を解きて賜りて候ふほどに、これまで持ちて参りて候。もしおぼしめし合はする事の候ふか。

ツレへ これは夢かあさましや。死出の田長《たをさ》の亡き人の、上《うへ》聞きあへぬ涙かな。「さりながらあまりに心もとなき御事なれば、へ いざや形見を蓑代衣《みのしろごろも》、間遠《まどほ》に織れる藤袴《ふぢばかま》、
ワキへ 頃も久しき形見ながら、

ツレ〽今取り出《いだ》し、

ワキ〽よく見れば、

地謡〽疑ひも、夏立つ狭布《けふ》の薄衣《うすごろも》、夏立つ狭布の薄衣、一重《ひとへ》なれども合はすれば、そでありけるぞ、あらなつかしの形見や。やがてそのまま弔《とむら》ひの、御法《みのり》を重ね数々の、なかに亡者《まうじや》の望むなる、蓑笠をこそ手向けけれ、蓑笠をこそ手向けけれ。

ワキ〽南無《なむ》幽霊出離生死頓証菩《イうれいしゆツりしやうじとんしようぼ》提《だい》。

シテ〽陸奥の、外の浜なる呼子《よぶこ》鳥《どり》、鳴くなる声は、うとうやすかた。

シテ〽一見卒《いツけんそ》都婆《とば》永離《やうり》三悪道《さんナくだう》。この文《もん》のごとくば、たとひ拝し申したりとも、永く三悪道をば遁《のが》るべし。いかにいはんやこの身のため、造立供《ざうりふく》養《やう》に預からんをや。たとひ紅蓮《ぐれん》大紅蓮なりとも、名号智《みやうがうち》火《くわ》には消えぬべし。焦熱《せうねつ》大焦熱なりとも、法水《ほふすい》には勝たじ。さりながらこの身は重き罪科《つみとが》の、心はいつかやすかたの、鳥獣《とりけだもの》を殺しし、

地謡〽衆罪如霜露《しゆざいによさうろ》慧《ゑ》日《にち》の、日に照し給へ御僧《おんそう》。

地謡〽所は陸奥の、所は陸奥の、奥に海ある松原の、下枝《しづえ》に交《まじ》る汐蘆《しほあし》の、末引き萎《しを》る浦里《うらざと》の、籬《まがき》が島の苫屋《とまや》形《かた》、囲《かこ》ふとすれどまばらにて、月のためには外の浜、心ありける住まひかな。

ツレへ あれはとも言はば形や消えなんと、親子手に手を取り組みて、泣くばかりなる有様かな。

シテへ あはれやげに古《いにしへ》は、さしも契りし妻や子も、今はうとうの音《ね》に泣きて、やすかたの鳥の安からずや。何しに殺しけん、わが子のいとほしきごとくにこそ、鳥獣《とりけだもの》も思ふらめと、千《ち》代《よ》童《どう》が髪をかき撫《な》でて、あらなつかしやと言はんとすれば、

地謡〽 惑障《わうしやう》の、雲の隔てか悲しやな、雲の隔てか悲しやな、今まで見えし姫小松の、はかなやいづくに、木隠《こがく》れ笠《がさ》ぞ津の国の、和田《わだ》の笠松や箕面《みのお》の、滝《たき》つ波もわが袖に、立つや卒塔婆《そとワ》の外《そと》は誰《たれ》、蓑笠ぞ隔てなりけるや。松島や、雄島《をじま》の苫屋内《とまやうち》ゆかし、われは外の浜千鳥、音《ね》に立てて、泣くよりほかの事ぞなき。

地謡へ 往事渺茫《わうじべうぼう》としてすべて夢に似たり、旧遊零落《キうイうれいらく》して半《なか》ば泉に帰す。

シテへ とても渡世を営《いとな》まば、士農工商の家にも生《ンま》れず、

地謡へ または琴碁書画《きんぎしよぐわ》を嗜《たしな》む身ともならず、

シテへ ただ明けても暮れても殺生《せツしやう》を営み、

地謡へ 遅々《ちち》たる春の日も所作《しよさ》足らねば時を失ひ、秋の夜《よ》長し夜《よ》長けれども、漁火《いさりび》白うして眠る事なし。

シテ〽 九夏の天も暑を忘れ、

地謡〽 玄冬の朝も寒からず。

地謡〽 鹿を逐ふ猟師は、山を見ずといふ事あり。身の苦しさも悲しさも、忘《わす》れ草《ぐさ》の追鳥《おひとり》、高縄《たかなは》をさし引く汐《しほ》の、末の松山風荒れて、袖に波越す沖の石、または干潟《ひかた》とて、海越《うみご》しなりし里までも、千賀《ちか》の塩竈《しほがま》身を焦《こ》がす、報《むく》ひをも忘れける、事業《ことわざ》をなしし悔《くや》しさよ。そもそもうとう、やすかたのとりどりに、品《しな》変りたる殺生の、

シテ〽 なかに無慚《むざん》やなこの鳥の、

地謡〽 おろかなるかな筑波嶺《つくばね》の、木々の梢《こずゑ》にも羽《は》を敷き、波の浮巣《うきす》をも掛けよかし、平沙《へいさ》に子を生みて落雁《らくがん》の、はかなや親は隠すと、すれどうとうと呼ばれて、子はやすかたと答へけり、さてぞ取られやすかた。

シテ〽 うとう。

地謡〽 親は空にて、血の涙を、親は空にて、血の涙を、降らせば濡《ぬ》れじと、菅蓑《すがみの》や、笠をかたぶけ、ここかしこの、便りを求めて、隠れ笠、隠れ蓑にも、あらざれば、なほ降りかかる、血の涙に、目も紅《くれなゐ》に、染《そ》みわたるは、紅葉《もみぢ》の橋の、鵲《かささぎ》か。

地謡〽 娑婆《しやば》にては、うとうやすかたと見えしも、うとうやすかたと見えしも、冥途《めいど》にては化《け》

鳥《てう》となり、罪人を追つ立て鉄《くろがね》の、嘴《はし》を鳴らし羽《は》をたたき、銅《あかがね》の爪を磨《と》ぎ立てては、眼《まなこ》を摑《つか》んで肉《ししむら》を、叫ばんとすれども猛火《みやうくわ》のけぶりに、むせんで声を上げ得ぬは、鴛鴦《をしどり》を殺しし科《とが》やらん。逃げんとすれど立ち得ぬは、羽抜《はぬ》け鳥《どり》の報ひか。

シテ〽うとうはかへつて鷹《たか》となり、

地謡〽われは雉《きじ》とぞなりたりける。遁《のが》れ交野《かたの》の狩場の吹雪に、空も恐ろしい地を走る、犬鷹《いぬたか》に責められて、あら心うとうやすかた、安き隙《ひま》なき身の苦しみを、助けて賜《た》べや御僧《おんそう》、助けて賜べや御僧と、言ふかと思へば失《う》せにけり。

耕漁画「善知鳥」『能楽図絵』前編上
(https://dl.ndl.go.jp/info:ndljp/pid/1881032)

おわりに――うとうへ、ふたたび

うとうに魅せられた人がもうひとりいる。棟方志功である。

志功の生家は善知鳥神社の鳥居の先にあった。境内はおさない日の遊び場だという。「私を育てた時が、所が、何処にあつてもあの境内が私の体に附いてゐる様なものだ」と自著『板散華』に語っている。

東京へ出て版画の道に邁進する志功に、知人があることを提案した（志功はのちに「板画」の文字を用いるが、このときはまだ「版画」と書いている）。志功の生地青森を舞台にした能楽を版画の題材にしてはどうかという。その題名を聞いて志功は仰天した。善知鳥の名は彼にとってふるさとそのものではないか。これが能楽になっていたとは。能舞台さえ見たことのない志功である。知人はみずから舞ってくれた。それは「すさまじく恐ろしく、烈しく哀しい舞で」

あった。手がふるえ、気が昂ぶった。見終わるや否や、すっ飛んで家にもどり、それから制作に没頭した。

志功はなつかしい故郷の物語を二十五の場面にまとめた。これに扉や奥付を付して三十柵（志功は「作」ではなく「柵」の字を用いる）に仕上げた。そこから抜粋したものを昭和十三年の文展に出品したところ、版画部門ではじめての特選を得た。これが世界のムナカタへの大きな一歩となったのである。

志功のつねの画面は隅々までものがあふれかえっている。だがここでは素材は極端なまでに切りつめられた。「白と黒で、北国のもっている、悲しいうちに何ともいえないもえあがってくるものとして、善知鳥の物語を扱いました」と志功は語る。胸をえぐる鑿の迫力によって、うとうやすかたの哀話がよみがえった。

うとうの名を筆者が知ったのは志功回顧展のときである。画面にしみる切なさが心に刺さって離れない。一昨年はじめて善知鳥神社を訪ねた。ほど近いところに棟方志功記念館があり、うとうの版画を三十年ぶりに見ることができた。

本書をまとめるにあたり、東洋大学文学部の原田香織先生から能楽に関して多くの御教示をいただいた。法藏館の今西智久氏による誠意あふれる編集に心からお礼を申しあげたい。本書のタイトルも構成も今西さんの提案にもとづくものである。校閲を担当してくださった小林久子さん、装幀を手がけてくださった上野かおるさんにも感謝したい。勤めている東洋大学ライフデザイン学部から出版助成をいただくことができた。学部長の水村容子先生、研究推進委員長の髙橋直美先生、事務課主任の鈴木絵里さんはじめ、教職員のみなさまに謝意を表したい。

二〇二二年十一月

菊地章太

索　引

た

ら

わ

和歌索引

［表記は本文ならびに注のままとした。］

あ

か

さ

た

な

は

ま

や

わ

菊地章太（きくち　のりたか）
1959年横浜市生まれ。筑波大学卒業，筑波大学大学院博士課程中退，トゥールーズ神学大学高等研究院（現 Institut Catholique de Toulouse）留学，東洋大学教授，博士（文学），比較宗教史専攻。
著書，『神呪経研究』（研文出版），『東アジアの信仰と造像』（第一書房），『位牌の成立』（東洋大学出版会），『弥勒信仰のアジア』（大修館書店），『葬儀と日本人』（ちくま新書），『儒教・仏教・道教』（講談社学術文庫）。訳書，シャヴァンヌ『泰山 中国人の信仰』（平凡社東洋文庫），ほか。

哀話《あいわ》の系譜《けいふ》　うとうやすかた

二〇二三年二月一〇日　初版第一刷発行

著　者　菊地章太
発行者　西村明高
発行所　株式会社　法藏館
京都市下京区正面通烏丸東入
郵便番号　六〇〇-八一五三
電話　〇七五-三四三-〇〇三〇（編集）
〇七五-三四三-五六五六（営業）

装　幀　上野かおる
印刷・製本　中村印刷株式会社

ISBN 978-4-8318-7764-2　C0095

寺院内外伝承差の原理　縁起通史の試みから　中前正志著　四、〇〇〇円
地　獄【法蔵館文庫】　石田瑞麿著　一、二〇〇円
改訂　歴史のなかに見る親鸞【法蔵館文庫】　平　雅行著　一、一〇〇円
新訳　往生要集　付詳註・索引【上・下】　梯　信暁訳　各三、二〇〇円
中国の水の思想　蜂屋邦夫著　二、〇〇〇円
中国の水の物語　神話と歴史　蜂屋邦夫著　一、四〇〇円
全訳　六度集経　仏の前世物語　六度集経研究会訳　三、五〇〇円

法藏館　価格は税別